KISS
KISS

「まあまあ、
まるで人形みたいに
かわいらしいお嬢さん……
これはぜひとも、
日本までお迎えに
あがりたくなりましたわね」

「チューしちゃった……
アーニャと」

ここでは猫の言葉で話せ
Kokodewa NEKO no Kotoba de Hanase
Tatsuya Kurashiki
昏式龍也
02
Ill.塩かずのこ

CHARACTER

Kokodewa NEKO no Kotoba de Hanase

アンナ・グラツカヤ

ロシアから転校してきた少女。
猫を命懸けで追う謎の使命を帯びている。

松《まつ》風《かぜ》小《こ》花《はな》

鳥羽杜女子高校の2年生。
猫ライフを満喫する猫好き少女。

久《く》里《り》子《す》明《あき》良《ら》

ドラッグストアの店員。イケメン美人で
地元の女子高生の憧れの的。

宗《むな》像《かた》旭《あさひ》姫

小学5年生。アンナと同居中、
お世話好きなしっかり者。

黒蜂《ヘイフォン》

凄腕の暗殺者。
アーニャに敗れた後は行方不明に。

プロローグ

東アフリカ。

ソマリアや南スーダンを筆頭に、各地で日常的な軍事衝突やテロ行為が絶えない世界有数の紛争地帯である。

数世紀前の植民地時代、ヨーロッパ諸国家の都合によって分断された部族・宗教間の対立問題。それは現在、そして近い将来においても解決困難な争いの火種となり続けていた。

そんな世界の火薬庫を舞台に暗躍する者たちがいる。それは、いわゆる『戦争屋』と呼ばれるたぐいの軍事関連業者たちであった。

世界中の武装勢力を股《また》にかけて、兵器類を売りさばく武器商人。あるいは、現代の傭兵《ようへい》である欧米の民間軍事会社《PMC》。はたまた、紛争地域で略奪や人身売買を働く元軍人の犯罪者など……そういった戦火を金にする者たちにとって、この地は格好の稼ぎ場となって久しい。

イギリス人であるその男もまた、そうした典型的な『戦争屋』の一人だった。個人貿易商の身分を名乗りつつ、その実は東アフリカ某国に深く食いこみ戦火の拡大に加担している。

各国の軍からの横流しで仕入れた武器を、対立する部族の武装勢力にそれぞれ払い下げて供給。相互の衝突をエスカレートさせ、自らの私腹を肥やす。のみならず、国内部族の融和を標榜《ひょうぼう》する商売敵の現大統領政権に打撃を与えるようテロ工作を陰から指示し、治安の安定化を妨害していた。絵に描いたようなマッチポンプである。

だがその男は今、恐怖のどん底で怯《おび》えきっていた。両手首をプラスチックの結束バンドで縛《しば》られ、視界は目隠しでふさがれている。国内を車で移動中いきなり何者かに襲われ、拉致《らち》されたのだ。

襲撃者の動きは練度が高く、明らかにプロのそれであった。護衛の傭兵たちはまたたく間に無力化され、男はなすすべもなく襲撃者の車輌《しやりよう》で連行されていく。

冷や汗に全身を濡《ぬ》らしたまま、引っ立てられてきた男はコンクリートの床に座らせられた。

（……香水のにおい？）

目隠しが外される直前、男はそれをかいだ気がした。火薬と機械油《グリース》の刺激臭に混ざって、確かに薔薇《ばら》の花にも似た芳香が鼻先にただよう。紛争地帯とは場違いに優雅な香りだった。

そして、聴覚もまた戦場では縁遠い音を拾っていた。

耳にした人間の魂をとろけさすような、あの生き、も、の、の鳴き声を。

「……ッ」

目隠しが外され、網膜に突然押し寄せた外光に男は目がくらんだ。やがて、ゆっくりと視界が像を結んでいく。

男が最初に見たものは──

「なっ……猫、だと？」

まん丸なサファイアブルーの瞳と視線が出会う。

シルバークラシックタビー（銀灰色に黒の渦巻き柄と横縞《よこじま》の模様）の毛並みが美しいアメリ

カンショートヘアの猫は、男に挨拶《あいさつ》するように再びニャーと鳴いた。

「はじめまして、ミスター・ローレンス」

まるで猫の言葉を代弁したかのごとく、ベルベットのようにつややかな女の声が響く。

それは、柔らかそうな猫毛をなでる黒い手袋に包まれた細指。その持ち主から発せられていた。

声の主を追って、男の視線は猫から上へと移動する。彼の目の前には——椅子に座り、優雅な形に美脚を組んだ金髪の女がいた。

モデルばりのスタイルを包むシックなダークスーツは、イタリア製のハイブランドであることがひと目でわかる。二〇代後半と思《おぼ》しき、透けるように白い肌をした美しい女だった。

ゆるやかにウェーブした蜂蜜色《はちみついろ》のブロンドヘアが肩へとかかり、おだやかな微笑を浮かべた表情と相まって貴族的な風格を感じさせる。つり目気味の眼差《まなざ》しに宿るバイオレットの光はやさしげでありつつも、どこか底知れぬ深さをもたたえていた。

己の名を呼ばれた男は状況を忘れ、猫を抱く女の美貌《びぼう》に魅入《みい》られたかのように息を呑《の》む。

その目に再び緊張が戻ったのは、スーツの下にのぞく女の右腰——ベルトの下にコンシールドキャリーされた拳銃のグリップを見た瞬間だった。グレーの無機質な光沢を放つコンパクトなフォルムは、いかにもプロの持ち物といった趣《おもむき》のオーストリア製Ｇ《グロック》１９。

男が連れてこられた場所は、どことも知れぬ殺風景で薄暗いガレージだった。

ほかにもう一人、女がいる。そちらはより若く小柄で、少女とも呼べそうな年齢だった。ショートボブの黒髪に蒼白《あおじろ》い肌の、影の薄い印象。左目は眼帯に覆われており、目の下には不健康そうな紫のクマが浮いていた。

やはり黒スーツと黒の革手袋をまとった少女は、金髪の女にかしずく侍女であるかのように控えめな雰囲気がある。椅子に座った女の足下にかがみこみ、銀のスプーンですくった缶詰の中身を猫に与えていた。ガレージ内の静寂に、猫がウェットフードを咀嚼《そしやく》する湿った音が小さく響いている。

「ミスター・ローレンス。あなたが長年この国で行ってきたビジネスは、人道的にも国際法的にも許されるものではありません。こうして我々の手に落ちた今、その罪をあがなう時がきたということです……とはいえ、わたくしは死刑執行人ではありませんわ。あなたのような悪人にも寛容になれる慈悲は備えております」

女神のように優しい微笑を浮かべながら、金髪の女は薄型の液晶タブレットを男にさしだす。画面には男の銀行口座の番号と、暗証番号を入力するスペースが表示されている。

「そこで、ここからは紳士的な取引の話と参りましょう。あなたの生命を助ける代価として、この国の民の血と涙で築いた全財産を指定の口座に送金していただきます。それでは暗証番号をどうぞ」

呆然《ぼうぜん》とするだけだった男の顔面が、ようやく思い出したかのようにこみ上げた激怒に紅潮した。ギャングのように恫喝的《どうかつてき》な目つきで、金髪の女をにらみつける。

「……ふざけるな、くそビッチが！　てめえ、その悪党の上前をはねようってのか⁉　余裕かまして猫なんか抱きやがってッ、古いスパイ映画の悪玉気取り――」

唾《つば》を飛ばしてまくしたてる男の罵声《ばせい》が、断ち切られるように突然止まった。

「今、ペムブレードー姉様をビッチと呼びやがりましたか？」

聴く者の体温を急激に低下させるような、底冷えのする少女の声。猛禽類《もうきんるい》のように見開かれたブラウンの隻眼《せきがん》が、まばたきもせず至近距離から男の顔をにらみつけていた。

少女の右手には、変わらず銀のスプーンが握られている。

ただしその先端部は、男の顔面の中に消えていた。無慈悲にも、左の眼窩《がんかない》内にえぐりこまれているのだ。湾曲《わんきょく》した金属に眼球が圧迫される、ぐちゅっという湿った音が鳴った。

「ひぎぃいいいッ⁉」

「姉様に対する言葉遣いには気を付けやがれ、ケツの穴野郎《ファツキン・アスホール》。このまま目ン玉くり抜かれてーですか？」

「ああっ、悪かった！　俺が悪かったぁ！」

眼球を傷つけないよう必死にうなずきながら、男が悲鳴を上げる。ようやくスプーンがその眼窩から引き抜かれた。

眼球の無事を確かめるように、自分の左目を押さえる男。息を喘《あえ》がせるそちらをもはや一瞥《いちべつ》もせず、眼帯の少女はハンカチでスプーンをぬぐう。そして再び、何事もなかったかのように猫の給餌《きゆうじ》へ戻っていった。

「そーゆう乱暴は良くないっしょ、ペルシスさぁ」

そこへ、声とともに新たな足音が響いた。ガレージの奥にあるドアから姿を見せたのは、またしても二〇歳前後の若い女である。その肩には、突撃小銃《アサルトライフル》――カスタマイズされたＭ４Ａ１カービンがベルトでスリングされていた。

一七〇センチ以上ある長身。黒いカーゴパンツに編み上げのブーツ、グラマラスかつ引き締まった上半身は黒のスポーツブラのみの大胆さ。

くせのあるボリューミーな長髪は鮮やかな深紅《しんく》に染めている。健康的に日焼けした小麦色の肌に、長い睫毛《まつげ》とつややかな唇のリップグロスが映えていた。戦場よりも、クラブのダンスフロアが似合いの派手派手しさである。

「部下のそういうとこ、指揮官の評判にも影響してくるわけじゃん？　ペム姉は紳士的にやるって言ってんだからさ」

「は……確かに。いささか自制が足りませんでした、エニュオー姉様」

「まー気にすんなし。ペルっちがペム姉大好きなのは知ってるからさー」

従順に一礼する眼帯の少女――ペルシスと妙に陽気な女のやり取りをよそに、男は眼球の痛みさえ忘れる恐怖に打たれていた。

「お……おまえはっ」

何が乱暴は良くないだ、と男は内心で毒づく。

　エニュオーと呼ばれた赤髪の陽気な女。それこそは数時間前、男を単独で強襲した張本人だったのだから。八人もいた護衛の傭兵《ようへい》はまたたく間に暗闇からの正確な銃撃でなぎ倒され、あるいは格闘戦で次々無力化されていった。

パーティギャル然とした外見からは想像もつかぬ、一騎当千の超人的な戦闘能力。その記憶にあらためて戦慄《せんりつ》を味わうとともに、こみ上げてきた疑念を男は覚える。

（この女ども、いったい……）

ペムプレードーと呼ばれた猫を抱く金髪女がリーダーで、ほか二名のエニュオーとペルシスはそれに従う上下関係があるらしい。

武装はしているが私服であり、正規の軍人のにおいはしない。民間軍事会社の傭兵とも、どこか違う。そして、この国で暗躍する自分を正確に捕捉《ほそく》した情報収集能力と作戦実行力の高さ
――男の背筋を、ふと悪寒《おかん》とともに答えが走り抜けた。

「ＣＩＡ――」

言わずと知れた、アメリカ合衆国の対外 諜 報《ちょうほう》機関。

巨大な組織力をバックに、世界各地で様々な部門が日夜活動している。その中には、任地で独自に非正規戦闘《イリーガルコンバット》をこなす武装セクションも存在するという。国際テロ組織アルカイダの首《しゅ》

魁《かい》の暗殺にも、そうしたセクションの一つが関与したとされている。

男のもらした呻《うめ》き声に対して、ペムプレードーがやさしげな微笑を返した。

「ご明察ですわ、ミスター・ローレンス。いかにもわたくしは、CIA所属の準軍事工作担当官《パラミリタリー・オフィサー》。この子たちはわたくしの管理する戦闘チーム《グライアイ》の精鋭メンバーにして、魂の姉妹。あなたのように悪辣《あくらつ》な戦争屋やテロリストを、この地上から排除する清掃人とお見知りおきを」

女は慈《いつく》しみを感じさせる手つきで、胸に抱いた猫をなでる。そして猫から男へ視線を戻した。

「――およそ一〇万ヘルツ」

「は、はあ?」

「猫の最大可聴域ですわ。それは実に人間の4~5倍……かように、猫とは音に敏感なものなのです。ゆえに猫が人と平和に暮らす世界に、けたたましい銃声など不要――猫と人の幸福のために、わたくしはこの世界から一切の戦争を、無辜《むこ》の民が犠牲《ぎせい》となる戦場を根絶します」

気宇壮大《きうそうだい》と呼ぶにも荒唐無稽《こうとうむけい》すぎる、女の野望。それを聞かされた男は、ただ呆然《ぼうぜん》とすることしかできなかった。

「世界から戦場を消し去るだと……? 馬鹿な、そんなもの子供の夢物語じゃないか……」

男のもらしたつぶやきに、ペムプレードーの頬《ほお》が不敵な笑みに吊《つ》り上がった。

「いかにも、そのとおりですわ。このわたくしには叶《かな》えたい大きな夢がある――そのためには、果てしもなく『力』を蓄えなくてはなりません。あなたの汚れた罪深い資金も、その一歩を築く浄財として役立ててさしあげましょう。さあ、そろそろ決断してくださりません？」

朗々と放たれた女神の託宣のごとき通達に、敗北を覚悟した男はがっくりと頭《こうべ》を垂れた。震える指がタブレットの画面をタッチし、暗証番号を入力する。男の横顔は、もはや死を前にした老人のように憔悴《しょうすい》していた。

「……武器を仕入れる資金をまるまる巻き上げられちゃ、俺はもうおしまいだ。約束を反故《ほご》にした部族連中に捕まれば、死ぬより残酷《ざんこく》な拷問《ごうもん》を受けるだろう……頼む、ひと思いに殺してくれ！」

床に両手をついて哀願する男を、ペムブレードーが見下ろす。

「お断りいたしますわ。なぜわたくしが、その薄汚い命に責任を持たなければなりませんの？」

慈愛をたたえていたバイオレットの瞳が、一変して酷薄《こくはく》な光を宿していた。そしてスーツの懐《ふところ》から拳銃《グロック》を取り出すと、それを男の前にそっと置いた。

「生きるも死ぬもご勝手にどうぞ。自由の国からやってきたわたくしからの、せめてもの餞別《せんべつ》ですわ——さ、帰るといたしましょう。エニュオーさん、ペルシスさん、デイノーさん」

きびすを返しガレージを去っていく、三人の女と一匹の猫。ペムブレードーが最後に呼んだ名が誰を指すものなのかという疑問は、もはや心折れた男にはどうでもよかった。

男の手が力なく拳銃をつかむ。震える腕が持ち上がり、女たちの背中へ銃口が向いた。が、すぐにがっくりと垂れ下がる。再び持ち上がった銃口は、自分のこめかみを指していた。

ペムプレードーたちが建物の外に出てから、およそ一分後。

星降るアフリカの夜空に、乾いた銃声が一発だけ鳴り響いた。


「今回もお見事な采配《さいはい》でございました、ペムプレードー姉様。これでこのアフリカの小国からも、戦火による混乱は確実に淘汰《とうた》されていくことでしょう」

「さすがペム姉だよねー。でさー、任務も終わったことだし、バカンスはどこにする？　こっからインド洋をひとまたぎして、モルディブ諸島あたりでどうよ。椰子《やし》の木陰でカクテルでも飲みながらさ、温泉《スパ》付きのウォーターヴィラでパーティとか超イケてね？　現地の綺麗な女の子たち、たくさんはべらせてさー」

「それも悪くありませんけど、バカンスの行き先はもう決めてありますの」

ペルシスが運転するトヨタ・ランドクルーザーの後部座席で、隣のエニュオーに微笑《ほほえ》みかけるペムプレードー。その膝《ひざ》の上では、銀黒のアメリカンショートヘアが丸くなって寝息を立てている。

「三か月前からリマインダーに入れていた業界トピックなのですが……殺し屋格付けサイト『コンチネンタル・キラーチューンズ』ランキング一九位の《ブラック・ビー》が、なんでも日本で何者かに敗北し、仕えていたボスを殺されたとか」

隣から猫の顎下《あごした》をなでていたエニュオーと、運転席でハンドルを握るペルシスの瞳に硬質な光が同時に浮かんだ。

「たしか黒蜂《ヘイフォン》って子だっけ？　へー、日本の殺し屋も結構やるじゃん。得意分野はアニメとマンガだけじゃなかったんだー」

「ところが、彼女を倒したのは日本人ではないようですの。情報を統合すると、ロシア系と思《おぼ》しき銀髪の外国人。それも黒蜂さんと同じ一〇代の少女だったということです。使うのは軍隊系格闘術、とりわけ旧ソ連軍の特殊部隊《スペツナズ》由来のシステマの特徴を色濃く含んでいるとか」

猫をなでるペムプレードーの言葉に何かを思い出したか、ペルシスが反応を見せた。

「三か月前、ロシア、一〇代少女――もしや、先日の『イルクーツクの組織』からの脱走者との関連が？」

次いで口にした内容は、以前に彼女ら《グライアイ》が捕捉《ほそく》した別の情報だった。

長きにわたり、門外不出の謎に閉ざされてきたロシアの非合法組織。

人身売買によって少年少女を育成し、暗殺者やスパイといった裏社会の求める人材に仕立て上げる養成機関……その実態は、この二一世紀の情報化時代にあっても驚くほど外部に伝わってはいなかった。

その理由は、絶対的な秘密保持の固さにある。

組織における情報の漏洩《ろうえい》は、多くの場合はそこからの離脱者によってもたらされるものだ。

しかし《家《ドーミク》》の符牒《ふちょう》で呼ばれるこの地下組織は、過去において一人の離脱者も出してはいない。異様なまでの鉄の結束が何によって保たれているのかは不明だが、とにかくその事実によって件《くだん》の組織はいまだ外部への秘守を維持している。

「確保すれば、あの組織の詳細な情報をつかむことも可能ですね。ひいては将来的な組織自体の壊滅と、そこにいる少年少女たちの解放へも……ペムプレードー姉様の崇高《すうこう》な悲願である、世界規模の高度な安全保障にも一歩近づきます」

平素は蒼白《あおじろ》いペルシスの顔に、かすかに興奮の赤みがさす。熱を帯びたその言葉に、ペムプレードーは鷹揚《おうよう》な含み笑いで答えた。

「無論それも視野に入れてはいますが、今わたくしが最も興味あるのは……このロシア人少女や彼女と闘った黒蜂《ヘイフォン》さんといった新たな才能を、我が軍門に招き入れることです。《グライアイ》自体の陣容強化、まずはそれに比重を置いて考えるということですわ」

「……私たちだけでは力不足と感じておられるのですか？　そうであれば残念です、姉様」

ペルシスの隻眼《せきがん》が悔しげに細められた。彼女の示した無念などどうでもいいとばかりに、車の振動で目を覚ました猫がくぁーと大きなあくびをもらす。

「いいえ、いいえ。それは違いますわよ、ペルシスさん。《グライアイ》の陣容がより強化されれば、さらに難度の高い上層部からの任務《オファー》を多く受けることが可能になっていくでしょう。その積み重ねが我々の存在感を組織内で強化し、やがて不可能さえ可能にするこの世で最強の

『力』への道を開く――わたくしは、そう夢想しているのですよ」

「ふーん。難しい理屈は良くわかんねーけど、ペム姉がそう言うんなら正しいんじゃゃん？　ペルシスもそう思うっしょ？」

「は……姉様のお言葉とあれば、是非もなく」

脳天気なエニュオーにそう水を向けられると、ペルシスは何か言いたげながら口をつぐむ。

それをかたわらに、ペムプレードーがスマートフォンの液晶画面に視線を落とした。

「あらあら。さすがデイノーさんは有能ですわね。さっそく、《ロシアン・アサシンガール》の情報収集が完了したようですわ」

そこに表示されたデータの文字列と画像。『標的』の写真と日本の地方都市における現住居のデータを前に、ペムプレードーが満足げな笑みを浮かべる。

「まあまあ、まるで人形みたいにかわいらしいお嬢さん……これはぜひとも、日本までお迎えにあがりたくなりましたわね」

「かわいいだけじゃなくて強いんしょ、その子？　ちょっと一発闘《や》ってみてえな〜。やべ、テンションばり上がってきたし！　ゴクウが『オラわくわくしてきたぞ』ってなる感じじゃね、これ？」

「私のすべては、姉様の御心のままに」

三者三様の思惑と、眠り続ける猫と。

アフリカに吹く血のにおいがする風は、海原を渡りはるか極東の日本へと向かう。
かくて、魔女《グライアイ》の長い指は新たな標的――アンナ・グラツカヤを射止めていた。

Mission.1
心模様と雨模様

ぱらぱらと、窓ガラスを叩《たた》く雨の音で目が覚めた。

薄暗い中でスマートフォンの液晶画面を見ると、時刻表示は午前七時前。

カーテンのすき間からは、クリーム色にぼやけた光が遠慮《えんりょ》がちに朝の訪れを告げている。

私の隣には猫のピロシキが横たわっており、こげ茶と白の毛並みを緩慢に上下させ寝息をたてている。

砂丘のようにこんもりと盛り上がった猫特有の美しい曲線は、こちらに背中を向けていた。

私から見える楕円形《だえんけい》の後頭部はミカンの丸みを連想させ、きれいな三角形をした耳が時おりピクピク小刻みに動くのが見える。

「……ふっ。くくっ……」

その耳の動きと後頭部の丸さを観察していると、急に顔筋と腹筋が意思とは無関係の痙攣《けいれん》をはじめた。呼吸も正常ではなくなり、こらえようと思えば思うほど噴き出すのを止められなくなる。

「ププッ……ププクーッ！」

私はとうとう、自制の限界を超え噴き出してしまっていた。鼻孔《びこう》にたまっていた猫アレルギー由来の鼻水が飛び出し、腹筋の痙攣も止まらない。

いったいこれは何の発作なのだろう？

今だけではなく、最近よくある謎の現象だった。ただ猫の後頭部をながめていただけなのに、これはどうしたことなのだ……？

ふと、ピロシキをはさんだ向こう側から私を見ている視線に気がついた。

この四月から小学五年生になった、同居人の宗像旭姫《むなかたあさひ》だ。

私の支援者である《コーシカ》こと宗像夜霧《よぎり》の娘、そして亡き親友ユキ・ペトリーシェヴァの異父妹。彼女と出会ってから三か月が過ぎた今も、私との同居生活は続いている。

「………………」

旭姫はもう目を覚ましており、掛け布団のすき間から私の顔をじっと見ていた。睫毛《まつげ》のぱっちりとした切れ長の瞳は、実にひややかだ。

そして一言。

「きもっ」

「……いきなりなんてことを。目覚めの挨拶《あいさつ》にしては辛辣《しんらつ》すぎないか？」

「だってそうでしょ。起きたらいきなり、ピロシキごしにアーニャがニタニタ笑ってるんだもん。しかも思いきりハナたらしてさ……すっごい不気味だったわよ」

視線と同じく冷たい声音で、旭姫がそう吐き捨てる。

「……私は今、笑っていたのか？」

「自分で意識してなかったの？　アーニャ、ちょっと前からそんなキモい感じで笑ってる瞬間あるよ？　ん～。ピロシキおはよ～」

寝返りを打ったピロシキの白いお腹に顔をうずめ、旭姫《あさひ》がそこで深呼吸をはじめる。猫好きにとって至高の悦楽とされる『猫吸い』なる謎の猫吸引儀式である。

アレルギー持ちの私がやったら、大変なことになるやつだ。ピロシキの喉《のど》から、モーターボートのエンジンを思わせる低音がグルグルと鳴りだした。

旭姫の口にした何気ない言葉は、私にとっては虚をつかれる指摘だと言えた。

目に見える記号としての『笑い』なら、当然私も知っている。だがそれがどんな感情であるのかを、私は今まで当事者として体験することはなかった。だから、自分自身の情動が『笑い』であるという認識ができなかったのだ。

腹筋や横隔膜《おうかくまく》の発作的痙攣《けいれん》、制御困難な顔筋の弛緩《しかん》現象。そして何より内側からこみ上げてくる、あらゆることがどうでもよくなってくるような解放感——こんな感覚は、記憶にある限り人生においては無縁のものだった。

そうか……これが、思いきり笑うということなのか。

「昨日の夜もそうだったじゃない？　夕方のニュース番組で、行方不明の猫ちゃんが帰ってきた映像観てぐしゃぐしゃにボロ泣きしてたし。正直、ちょっと引くぐらいの勢いで」

そちらの反応については自覚があった。

思い出すのは、今年の春の出来事。クラスメイトの松風《まつかぜ》小花《こはな》が、生まれたときから一緒だった友達《ねこ》——モーさんを亡くした日のことを。

私にもなついてくれた一匹の猫の死が、『悲しみ』という感情を。そして、涙を笑顔に隠した小花の痛みが他者への『共感』を、それぞれ私の中から引き出してくれた。

だから、猫のことで涙する人々を見ると自動的にそれらのスイッチが入ってしまうようだ。

自分の感情が外的要因によって左右される。精神のゆらぎが死に直結する殺し屋の世界では、致命的な事態だ。

しかし今のアンナ・グラツカヤは、もはや暗殺者ではない。

だから決して悪いことではないのだ――と、天国のユキが今の私を見ていたのならそう言うだろうとも思う。

とはいえ、私個人の感想としては。

(やはり、どうにもままならないものだ……)

自分自身の感情がコントロールできない。しかも、その揺れ幅が尋常でなく大きい。まだ慣れないそのことに、本能的な不安を感じてしまう。

旭姫やピロシキと一緒にベッドから起き出しながら、私はそんな考えを漠然ともてあそんでいた。

「たぶん、こういうことだと思うのよね」

朝食の納豆をかき混ぜながら、旭姫《あさひ》がふと口を開いた。ダイニングキッチンの隅では、ピロシキがアルマイト食器の中のキャットフードをカフカフとほおばっている。

「アーニャは今まで、マインドコントロールであらゆる感情をシャットアウトされてたわけじゃない？　その効果が消えた反動で、心の動きがめちゃくちゃ過敏になっているのかも」

「つまり、どういうことだ？」

「普通の人なら反応しないちょっとしたことでも、すぐおおげさに笑ったり泣いたりしちゃうってこと。感情の制御リミッターがバカになってるっていうかさ。もともとアーニャ自身が、思春期の女の子だからっていうのもあるのかな。お箸《はし》が転んでもおかしい年頃らしいし」

「ふむ……」

つまり、感情を刺激されることへの耐性がないということか。一理はあるのかもしれない。

私は旭姫の説を脳内で検証しつつ、大根の味噌汁《みそしる》をすする。

その瞬間、こちらを見上げるピロシキと目が合った。

その口元には見慣れない、マグロの刺し身に似たピンクの小物体が貼りついている。

食事をしている間に、しまうのを忘れられた猫の舌だった。

「――ブフォッ」

一撃で『笑い』の制御リミッターを突破された私は、たまらず口にふくんでいた味噌汁を噴き出してしまう。

「あーあー！　もう、なにやってんのよアーニャ！」

テーブル上に飛び散ったそれを、旭姫が母親のように台ぶきんで拭《ふ》いてくれた。逆流した水分が気管に入り、私はむせる。

「しょうがないなあ……ほら、ピロシキもベロ出しっぱであきれちゃってるじゃない」

「けほっけほっ……では、私はずっとこの調子のままなのか？」

正直な感想としては、たまったものではない。いつドカンとくるかわからない爆弾を抱えて生活している気分だ。

そして猫というのは、人を笑わせる要素を多くふくんだ存在なのだと実感した。どうにも、今の私はピロシキが何をしていても噴き出してしまいそうになる。

「さあ……でも、そのうち慣れてきて収まるんじゃない？　というか、こんなのそれ以外どうしようもないわよ」

「困ったものだ……」

協力者である《コーシカ》――宗像夜霧《むなかたよぎり》は、私の『猫ミッション』はひとまず達成されたと太鼓判を押した。

私の体内に注入された殺人ウィルス《血に潜みし戒めの誓約《クローフィ・クリャートヴァ》》の活動を抑制するために必要なものは、猫由来のアレルゲン物質だ。それを日常的に確保するには、猫を手元に飼うのが最も効率的だといえる。いつからか窓から通ってきたピロシキが部屋に居着いてくれたおかげで、その目的はなんとか果たされた。

だが私がこうむったこの奇怪な状態異常までは、いかに彼女といえども予測はしていなかったことだろう。これに対しての方策を、今後なんとか考えていかなければなるまい。

朝食の後片づけを終えると、制服に着替えた私は旭姫《あさひ》とそろって家を出る。

食事を終えて満ち足りたピロシキは、私たちを見送りにくることもなくキャットタワーの上階スペースでまた寝に入っていた。実に猫らしい自然体だ。

「ふーん。あらためて見ると、夏服も結構似合ってるじゃない」

「生地が薄くて少し頼りないが、着心地は悪くないと思う」

この春から進級した、高校二年生の一学期。中間テストも終わり、暦は六月に入っていた。

私は衣替えで、学校指定の夏服に袖を通していた。半袖で生地が軽いだけでなく、色も冬服の黒から白へと変わって解放感がある。

外に出ると、昨夜から降る雨はやむことなく続いていた。白っぽくぼやけた景色の中、傘をさした私たちは河川敷の通学路へと向かう。

ぱらぱらと傘を叩《たた》く雨粒の音は、せわしなく私の頭上で踊っていた。その音が逆に、いつもより世界を静かに感じさせている。

通り沿いの民家の庭にはアジサイの植えこみが見え、青色をしたカリフラワーのような形状の花を咲かせていた。その茎の上を、ちいさなカタツムリが這《は》っている。

「…………」

「どうしたの、アーニャ？ 子供みたいなキラキラ目しちゃって」

雨に打たれて揺れている緑色の葉――ぼんやりした朝の光を包みこんだ水滴の震え。

灰色に沈んだ景色の中で、目に鮮やかなアジサイの花――青から紫へのグラデーションを描く、複雑な色彩の移り変わり。

ゆっくりと移動するカタツムリの小さな貝殻――その茶色い渦巻模様が描く、それ自体が極小の宇宙を思わせる螺旋《らせん》。

私の目、そして心を吸い寄せて放さないのは、そんな何の変哲もない風景のひとつひとつだった。そのどれもが、以前の私なら気にも留めなかったものばかりだ。

「いや……なんでもない。いこう」

不思議そうに私を見る旭姫と傘を並べ、私はまた雨の中を歩きだす。

――私の生きてきたこの世界とは、かくも鮮やかな色彩にあふれたものだったのか。

革靴の底が水たまりを踏む。浅い水面に広がる波紋の形に見とれつつ、梅雨どきの雨と光がつづる情景に私は心を遊ばせていた。


昼休み。

「ふう、あっち〜。なんかメシ食った後って、自動的に体温上がるの不思議じゃね？」

「幼稚園児の疑問みたいなこと言ってるし。ウメは運動部だから代謝良すぎなんじゃない？」

いつものように食後は自席で読書をしていると、クラスメイトの梅田彩夏《うめださやか》と竹里絵里《たけさとえり》の会話が聞こえてきた。

「てゆうかマジで、この教室の中って異様にむんむんしてるし……めちゃ女くせ〜」

暑がりらしい梅田は、下敷きをウチワ代わりにしてあおいでいる。

確かに雨で校庭や屋上に出る人間が少ないぶん、昼休みの人口密度は普段よりもずっと多いかもしれない。その熱気と湿度で、教室の空気は少し蒸していた。

「梅《うめ》ちゃあん。いくら女子高だからって、スカートの中あおいじゃうのははしたないよお」

私の隣の席では、松風小花《まつかぜこはな》が笑っていた。いつもおっとりとしてマイペースな彼女の声は、聴いているだけで不思議と落ち着いた気分になってくる。

「いやいや、これぞ女子高の醍醐味《だいごみ》じゃん？　コハっちにもパタパタしたげるよ」

「あはは、そんなにめくったらパンツが見えちゃうよお」


――なんだと？

読書への集中力が一瞬にして破壊された。

直接目視していないだけに、そのやり取りが異様な鮮明さでイメージに浮かんできてしまう。

パンツ――スカートの下に隠れて普段は見えない、逆三角形《ゴールデントライアングル》のあの布地。

小花もはいているはずのその隠された秘密が、今この瞬間だけ見えるというのか。


（いやいや……！　だからどうしたというのだ!?）


私はあわてて気を取り直し、目の前にある本のページへ意識を戻す。

だが決意とは逆に、意識は依然として隣の席から離れてはくれなかった。そちらに向いた右耳だけが、小花と梅田の会話に引っ張られているような感覚。

「ほらー、中が涼しいやろ？　ええんやろ？」

「きゃははは。風が当たってひゃっこいっ」

本をつかむ指先に、つい力が入ってしまう。

……なぜこんなにも、小花のスカートの下が気になってしまうというのだ？

自分自身の心理状態が、私にはまったく不可解だった。

（もしや、これも……旭姫《あさひ》が今朝言っていたことに関係が……？）

長きにわたるマインドコントロールが解除された反動としての、状態異常の一環。

感情を制御するリミッターが働かず、暴走気味になってしまうという困った事態だ。

だがしかし、これはいったい何に対する感情だと？　なぜ、たかがスカートの下のパンツに
これほどの興味をひかれる？

……あるいはまさか、その対象が小花《こはな》だからとでも？

（い、いや違う……これは、『好奇心』という感情だ！　未知なる秘密がそこにあれば、知りたくてたまらなくなる……人類普遍のアレだ！　決して私個人の、特別な感情ではないのだ！）

私は本から手を離し、両耳をふさいで雑念を振り払おうとする。

動いた拍子に、制服に付着していた少量の猫毛がふわりと舞った。

家を出る前に付いたピロシキの毛だ。冬毛と夏毛の生え変わり時期に当たるこの季節、どんなに気を付けていても衣類には微細な抜け毛がくっついてしまう。

「ふぁ、ふぁ……」

とたんに猫アレルギーが反応し、鼻の奥から猛烈《もうれつ》に痒《かゆ》みが押し寄せてくる。

「「ふぁっくしゅん！」」

次の瞬間、大きなくしゃみが飛び出していた――私の隣にいる小花と同時に。

そして、ふわりと舞った小花のスカートの奥に秘密が見えた。

永遠の謎《スパスィーバ》が解けたように、妙にすっきりとした気分になった私は。

「ありがとう」

つい、小花に対してお礼の言葉を口にしてしまったのだった。

「？」

あんのじょう、小花は不可解そうに首をかしげている。

だが、自分でもなぜ礼を言ったのかはわからない。やはり、私の情緒は依然として壊れたままなのだろうか……？

「ひゃはっ、小花とアーニャでくしゃみハモった！　超仲良しさんじゃん」

竹里《たけさと》が手を叩《たた》いて笑うと、周りの席からも笑い声が上がった。すっかりクラスの注目を集めてしまったようだ。

「んもお、涼しすぎるってばあ。風邪ひいちゃったら梅《うめ》ちゃんのせいだからねえ？」

注目を浴びて恥ずかしげに苦笑しつつ、小花が軽くハナをすする。そして、ポケットティッシュを隣の私に差し出してきた。

「はいアーニャ、使う？」

私はティッシュで垂れてきたハナをかむ。視線はまた、自然と小花のスカートに向いてしまっていた。

「あれ？　なんか付いてる？　ゴミとか？」

自覚したときにはすでに遅く、私の視線に気づいた小花《こはな》が自分のスカートを手ではらう。

「い、いや、なんでもない」

「そうなのお？　変なアーニャ？」

屈託《くったく》なく笑う小花の顔を見るのが気まずくなり、私は再び読書に戻っていった。

（どうもいけない……平常心を保たなくては）

《コーシカ》からは、猫関係の『課題図書』がいまだに送られ続けてきていた。

私自身の生命維持に直結する、猫に関しての知識を増やすために……という猫ミッションの一環だが、単なる彼女の趣味でもあるような気が最近している。ピロシキを飼うことになってから猫アレルギーが常時出るようになり、それによって私の体内にある殺人ウィルス——《血に潜みし戒めの誓約《クローフィ・クリヤートヴァ》》の発症の心配も当面はなくなったからだ。

いま読んでいる本は、『新釈　猫の妙術《みょうじゅつ》』。

佚斎樗山《イッサイチョザン》という一八世紀のサムライが記した、武術の哲学指南書を現代文に翻訳したものだ。物語仕立てになっていて、猫が登場する。

その昔あるところに、勝軒《ショーケン》という剣術家がいた。彼には特技があり、それは「猫の言葉」を話せるというものだった。

ある日その勝軒の屋敷に、一匹の大ネズミが入りこんでしまう。勝軒はネズミを追い出そうと、自分の飼っている白猫を送りこんだ。

しかし大ネズミは強く、逆に白猫が撃退されてしまう。そこで出動を要請されたのが、ネズミ捕りの『技』を極めたとされる隣家の黒猫であった。

話の流れとしては技とスピード自慢の黒猫、次に犬をも恐れさせる『気迫』を身につけた米屋のトラ猫もまた、それぞれ大ネズミの前に敗退してしまう。

そこで満を持して、達人として名高い灰猫が挑む。彼は闘いになる前に相手を制してしまう『無形の調和』の境地に達しており、今度こそ大ネズミの命運は決したかに見えた。

その結果はまさかの敗北に終わる。灰猫は弁舌巧みに大ネズミの闘争心を削《そ》ぎ丸めこもうとするも、あらゆる理屈を超越したネズミの一撃に対応できなかったのだ。達人としての面目《めんぼく》が潰《つぶ》れた灰猫は、『武神』と崇《あが》められる伝説の猫に出陣を乞《こ》う。

現れたのは、よぼよぼに老いて動きも鈍くなってしまった古猫である。半信半疑の勝軒だったが、古猫は嘘のようにあっさりと大ネズミを捕らえ屋敷から追いはらってしまう。

感服した勝軒は『武神』からその秘密を聞く――というものだ。

「なるほど……」

思わずもれたつぶやきとともに、私は本のページをめくる。

年老いた古猫が語る、武術――ひいては闘いというものの真理の数々。

それは、かつて組織で様々な格闘術を叩《たた》きこまれてきた私から見ても納得のできるものだった。サムライマスターである武蔵《ムサシ》の記した『五輪の書《ブックオブファイブリングス》』の海外翻訳版を読んだときと似た感銘を、私は覚える。

戦闘において、彼我《ひが》の強弱とは常に相対的なものだ。

自分だけが絶対の強者であり、対戦相手が常に自分を下回る実力であり続けるということは現実ではありえない。いつか必ず、自分以上の強者と闘わなくてはならない局面が訪れる。

ならばそのとき、自分はどうすればいいのか――昼休みの終了を告げるチャイムが響く中、私はしばしの空想にひたっていた。

放課後は、小花《こはな》たちと駅前のスーパーマーケットの中にあるゲームセンターに寄り道する。そのあとで、私はマンションに帰宅した。

玄関からリビングへ続く廊下。リビングの手前にある洋室のドアは、いつも開けてある。部屋の隅にはキャットタワーが設置され、ピロシキは三段目の平面スペースで眠っていた。私のほうからは、ヒトコブラクダの背中のようにこんもりした後ろ姿だけが見える。

「ただいま、ピロシキ」

私が声をかけるとピロシキは寝そべったまま急にこちらを振り向き、反り返りながら体の下にたたんでいた両手両脚をググッと大きく伸ばしてきた。私に自分の存在をアピールしようとしているらしい。

手脚がピーンと伸びきり、体全体がまるで一本のフランスパンとなったかのように長くなっている。

円筒形の謎物体に変形した猫は、支えを失ったままコロンとタワー上のスペースから転がり落ちていき……どすんという鈍い音を立てて、受け身も取らずに床へ落下したのだった。

「…………」

猫らしい身軽な反射神経など一切見せることなく、あまりにもぶざまに落ちたピロシキ。

そこには野生の欠片《かけら》も感じられはしない。すぐに跳ね起きると周りを見回し、何事もなかったかのようにペロペロと身体《からだ》の毛をなめはじめる。

失態をごまかすような人間くさいリアクションを見た瞬間、腹筋が爆発した。

「ぶふぉあひゃ――――っはははははははははははははははっっ!!」

意思とは無関係にこみ上げる『笑い』の発作でひっくりかえり、私はひたすら床で転がり続けていた。まさに七転八倒という言葉がふさわしい状況。

まるでフルオートでぶっ放す機関銃のように、腹筋が高速で痙攣《けいれん》を繰り返している。笑い続けて呼吸も苦しくなってきた。

（ま……まずい、これは……ッ）

かつてないレベルで爆笑が止まらない。顔面は大量の汗と涙、鼻水にまみれている。頭の中は真っ白で、背中が勝手に反り返ってしまう。

ピロシキがこちらを不思議そうに見ると、床でエビ反る飼い主の狂態を観察するように近づいてきた。

「にゃははははははっ!!　こ、こら、なめるなっ、うひゃははははははっっ!!」

ピロシキが私の鼻をなめてきた。ザラザラした猫舌が顔に当たるこそばゆさで、発作はさらに加速していってしまう。洪水のごとく押し寄せる圧倒的な『笑い』の感情を、意思で抑えることは不可能だった。

「や、やめっ！　くすぐったっ！　ぎゃはははっ……はは……っ、はひー、はひーっ」

笑いすぎてパンクしそうなほどに肺が痛み、酸素不足で視界が白くフラッシュアウトしていく。明らかに過呼吸の状態だった。

ま、まさか、私はこのまま笑い死にしてしまうというのか……!?

意識が……意識が、うすれ、る――


「――アーニャ、アーニャ！　ちょっと大丈夫？」

……私を呼ぶ旭姫《あさひ》の声で我に返った。

どうやら私は、床で笑い転げたまま気絶していたらしい。

「……ああ、旭姫か……お帰り」

血相を変えた旭姫が私を見下ろしている。

私を笑い死に寸前に追いこんだ張本人であるピロシキは、旭姫が片手間に操る猫じゃらし相手に一心不乱にたわむれていた。

「お帰りじゃないわよ……ああ驚いた」

まだ薄紫色のランドセルをしょったまま、旭姫が心配そうな顔でため息をつく。

「学校から帰ってきたら、アーニャが床にぶっ倒れてるんだもん。死んじゃってたらどうしようかと思ったわよ……命を狙われる心当たりだって、ないわけじゃないんだし」

「死にはしないが……死ぬような目にはあったかもしれない」

身を起こすと、旭姫と視線が合った。なぜか目をそらした彼女の頬《ほお》は心なしか赤い。よほど驚いたのだろうか。

ふと、自分の唇が濡《ぬ》れているのに気がついた。気を失っている間に、旭姫《あさひ》が水を飲ませてくれたようだ。

「もう、なにやってるんだか……それじゃ晩ごはんの支度《したく》するから、アーニャはお風呂の掃除をお願いね」

「了解した」

猫によって命を永らえている私が、猫のせいで死んでしまうというのはさすがにシャレにならないだろう。

ああ、本当に死なないで良かった……


夕食のテーブルには、私が初めて口にする料理が出てきた。甘からい調味料で、一度ゆでた豚肉やキャベツを炒めた回鍋肉《ホイコーロー》というもの。白米に良く合う濃い味つけだ。いつもながら、旭姫の作る料理は絶品だった。

「ねえ、アーニャ」

夢中で箸《はし》を進めていると、ふとこちらを見て旭姫が口を開いた。

「憶《おぼ》えてる？　前に話した、東京の件なんだけど……」

そう問われて、記憶を探る。

確か数か月前、私が無断で一夜家をあけ東京へ行っていたときのことだ。顔見知りの、ドラッグストア店員にしてフリーランスの殺し屋である女に巻き込まれた一件。

「うむ。今度一緒に東京へ遊びにいくという約束だった。もちろん憶えているとも」

私がそう答えると、旭姫の顔がうれしそうに輝く――と、そのとき。

「あっ。アーニャ見て見て？ ピロシキが『ごめん寝』してる〜！」

ふいにリビングの壁際を見て、旭姫が声を弾ませた。

チャコールグレーのカウチソファの上で、ピロシキがうつぶせに寝ている。

香箱座《こうばこずわ》りをしてくつろいでいるのかと思ったら、顔が見えない。前足をきれいにそろえ、その上に自分の顔をうずめた姿勢だった。

まるで、人間が土下座で謝罪をしているかのような寝方だ。顔がすっぽり隠れて、丸い後頭部だけが見えている。しかも鼻の穴が微妙に圧迫されるせいか、プウプウというこれも人間のようなイビキの音が聞こえてきていた。

「きゃはははっ！ もう、かわいすぎて笑っちゃうよ〜」

旭姫は笑いが止まらないといった様子で、食事の手も止めスマートフォンでピロシキの『ごめん寝』を撮影している。

「あれ？ アーニャ、なんかリアクション薄くない？ こんなに笑えるのに」

ふと私のほうを見て、旭姫《あさひ》が不思議そうな顔をした。

たしかに……ここ最近の私なら、椅子からひっくり返って爆笑していたとしてもおかしくはない。それこそ、帰宅直後に死にかけたように。

「…………」

「……不思議だ。たしかに可笑《おか》しいとは思うのだが、感情の抑制がとれている実感がある」

「ふーん。良かったじゃない。またさっきみたいになったら困っちゃうもん」

理由はわからないが、私を悩ませた感情の暴走問題はいつの間にか沈静化しつつあるようだ。

もしかして、さっきの発作も関係しているのだろうか？

死ぬ一歩手前まで感情が解放されたことで、今まで抑制されてきた総量の収支決算が済み正常値にリセットされた——強引に理屈をつけるのなら、そういう考え方もできるだろう。

ただ、それだけではない気も私はしている。ではなんなのかと問われても、答えることはできないが。

ユキが生きていたなら、果たしてどんな答えを出してくれるのだろう。それとも彼女らしく軽やかにさじを投げ、ボクにはわからないよと皮肉げに笑うだけなのだろうか。

奇妙な格好で眠り続けるピロシキを見つめながら、私は雪ふるシベリアの大地を思い出していた。

翌日の金曜日。今日も空は雨模様が続いている。

登校した私は教室に入り、自分の机に通学バッグを置いた。隣の小花《こはな》はまだ来ていない。

珍しく遅いなと思っているうちに教室内に生徒の数が増え、やがて担任の樋口《ひぐち》先生がきてホームルームが始まってしまった。

先生は出席を取りはじめる。生徒の名前が順番に呼ばれていき、それに答える返事の声が静かな教室内に響いていった。

「松風《まつかぜ》さんは、今日は風邪でお休みすると連絡がありました」

小花の番が回ってくると、先生が代わりにそう告げる。

私は主《あるじ》のいない隣の机を見る。なにかが欠けたようなバランスの悪さというか、落ち着かなさを感じてしまった。

「コハっちが風邪ひいたのって、まさか昨日のあたしのアレが原因じゃないよね？　でも、くしゃみしてたしなー」

昼休みには、小花を欠いたいつもの顔ぶれと昼食をとる。梅田《うめだ》はいつものごとくラージサイズの弁当をかきこみながらも、どこかバツの悪そうな表情をしていた。

「実際どうかは知らないけど、そう思って反省しとけば？　ウメはいつも悪ノリするからさ」

「それじゃアーニャさん、今日はよろしく言っておいてくんない？　あたしは部活があっていけないけど」

朝のホームルームで保護者向けの連絡事項を記したプリントが配られ、小花《こはな》のぶんは私が預かっておいた。学校帰りに、見舞いがてらそれを渡しにいく予定だ。

「了解した。梅田《うめだ》が反省していたと伝えておく」

そして放課後。私は駅南口の商店街にある『さくらドラッグ』へと立ち寄った。

なにか手みやげを持参しようと思ったためだ。とはいえ、何を買っていくべきかを悩む。私にはユキしか友達と呼べる人間がいなかったし、こうした見舞いの経験もない。

「あら。いらっしゃい、アーニャちゃん」

店内をぶらついていると、店のエプロンを着けた長身の女が声をかけてきた。ただ歩いているだけで、自然と人の目を惹《ひ》きつけるような八頭身の美人だ。今日もまた、彼女のファンである鳥羽杜《とばもり》女子高の生徒たちの視線を釘付けにしている。

久里子明良《くりすあきら》――パートタイムのドラッグストア店員であり、裏の顔は殺し屋でもある女。

私がロシアで暗殺者をしていた過去を知っている、数少ない人間の一人でもある。

「今日はなにかお探しかな?」

「これから、風邪で休んだ小花の見舞いにいくところだ。みやげに何を買っていったらいいか、少し悩んでいる。体力補充の観点から、栄養ドリンクなどはどうかと思っているが」

「あら、そうなの。静養中なら、カフェインの摂取はあまり良くないかもね。女の子っぽくスイーツとかはどう?」

明良に案内され、冷蔵ケースの設置された食料品コーナーへいく。

「小花ちゃん、このシリーズが好きで良く買っていくの。あとはこっちとかもかな」

冷蔵ケースの棚に並ぶ、何種類かのカットフルーツが丸ごと入ったカップのゼリーを明良は示した。もうひとつは、生クリームが上にのったカップのプリン。

「だいたいその二つで迷って、カロリーが低いほうのゼリーにしてくことが多いみたい」

「では、いちおう両方をもらっていこう」

「はーい。毎度ありがとうございます」

レジへ行き、明良に会計をしてもらう。スキャナーで商品のバーコードを読みながら、明良がふと視線をこちらに向けた。

「最近変わったことはない? なにか困ったことがあったら、いつでも言ってね」

「うむ、特に異常はない。変わらず旭姫《あさひ》との二人暮らしだ」

あやうく猫のせいで笑い死にしかけたことはあったが……と、明良に話すのはやめておいた。

「ふぅん。そう言えばなんだけど……旭姫ちゃんって、ずっとアーニャちゃんと一緒に暮らしてるのよね? そろそろ、お家《うち》に帰らなくても大丈夫なのかしら」

ふと問われた明良の言葉は、客観的に見ればごく当然な疑問だといえた。

旭姫はまだ一〇歳の小学生だ。

親元から離れて生活するというのは、普通とは言いがたい状況であるのに違いない。私のマンションに乗りこんできてから、気づけばもう三か月にもなろうとしている。

旭姫《あさひ》から聞く限りでは、母親である夜霧《よぎり》との関係に問題があるわけでもないようだ。

「アーニャちゃん?」

明良《あきら》の声で思索から戻った。

「なんでもない。少し考えごとをしていた」

「はい、お釣りとレシートね——じゃあ、私からも小花《こはな》ちゃんにお大事にって伝えておいて」

「承知した」

釣り銭と商品の入ったポリ袋を受け取り、私はドラッグストアを出ていった。

脳裏には旭姫のことがまだ残っている。

彼女が私と一緒に暮らしているのは、私が生きる上で必要な『猫ミッション』をこなすサポートをするためだ。

苦労の数々の甲斐《かい》あって、私はピロシキという同居猫を手元に置くことができるようになった。ミッション完了《コンプリート》のお墨付《すみつ》きも、夜霧から得ている。

となれば、もう旭姫が偽《にせ》《コーシカ》として私のミッションを監督補助する必要もないはずだった。それなのに、どうして彼女は自分の家に帰ろうとはしないのだろう?

もしかしたら、私の不甲斐《ふがい》なさを危ぶんでいるせいなのかもしれない。実際、今回のような感情の暴走といった予期せぬ事態も起こったことだし。

だとすれば、私は年下の旭姫に無理を強いてしまっているのだろうか？

朝からの小雨は、やむことなく降り続けている。

傘を叩《たた》く雨音のように小さな疼《うず》きを胸に感じながら、私は駅へ向かう足を機械的に送りだしていった。


電車で三駅を移動し、小花の実家である『古民家ねこカフェ　松ねこ亭』を訪問する。

「あらまあ、わざわざ雨の中お見舞いに？　どうぞどうぞ、上がってやってくださいねぇ」

マイペースな温和さが娘と似ている小花の母親は、やってきた私を笑顔で歓迎してくれた。

玄関の受付カウンターで預かった学校のプリントを渡すと、古い板張り廊下の突き当たりにある階段を上がっていく。

「小花。私だ。見舞いにきた」

そして、前にもきたことのある部屋のふすまに声をかける。

「えっ、アーニャ？」

すぐに、その向こうから小花の声が聞こえた。どうやら眠ってはいなかったようだ。

「入っても問題ないか？」

「うん、大丈夫だよお」

　許可を得た私はふすまを開け、部屋に入った。残留していた猫毛に反応し、アレルギーで身体《からだ》に痒《かゆ》みが生じてくる。垂れてきた鼻水をポケットティッシュでぬぐい、私は小花《こはな》の寝ている布団の横に座った。

　小花が、寝ていた布団の中からゆっくりと上体を起こす。

　初めて目にする、生活感の強いパジャマ姿。どうしてか、いけないものを見てしまったような背徳感を覚えてしまう。

　いつも髪に着けている、花模様や猫をデザインした髪留めのアクセサリーがない小花を見るのも初めてだった。シンプルな下ろし髪の彼女は、いつもよりも少し幼く見える。

「どうしたのお、アーニャ?」

　つい無言になっていた私を不思議がるように、小花が小首をかしげる。

「ああ、いや。なんでもない……風邪の具合はどうだ?」

　私は誤魔化《ごまか》すように、そう話題を切り出した。

「いちおう、お昼に薬は飲んだんだけど……どうだろ。熱はちょっと下がったかなあ?」

　小花の顔色を観察する。全体的に血色はいいが、ややほてり気味なようにも見えた。眼球も泣いたばかりのように潤んでいる。

　私は小花の前髪を軽くかき上げると、額と額をぴとりと触れ合わせてみた。

「まだ平熱より少し高いようだ。それに、目も充血していて赤い」

「……ふぁ」

「どうした？」

私が額を離すと、小花がしきりにまばたきを繰り返しつつ呆然《ぼうぜん》と口を開けていた。顔色もさっきより赤くなっている。

「……う、うぅん！　なんでもないよお。ただ急にアーニャの顔が目の前にきて、びっくりしちゃっただけ……えと、ちゃんと測るね？」

小花は妙に動揺している様子。いそいそと電子体温計を取り出し、パジャマの前ボタンを外すと腋《わき》の下にはさむ。

ピンク色のブラジャーに包まれたふくよかな谷間がちらりとのぞき、昨日の昼休みを思い出す。しかし昨日のパンツのときとは違い、私は平常心を保てていた。あのとき感じた異様なまでの昂《たか》ぶりは、やはり一時だけの状態異常だったのだろう。

計測終了のアラームが鳴ると、小花が液晶ディスプレイに表示された数字を見る。私も横からそれをのぞきこんだ。

「37・2℃……」

「やはり、まだ微熱はあるな」

「今ちょっと上がったぶんもあるかも……」

「？」

小花《こはな》の言葉の意味はわからなかったが、ともかく安静にしていたほうがいいのは確かだろう。

「明良《あきら》も自愛するよう言っていた。好物と聞いたので買ってきたが、今食べるか？」

私は持参したドラッグストアのレジ袋を開け、中身のプリンとゼリーを見せた。

「わあ、どっちも好きなやつだ。ありがとお」

いつもと同じ明るい笑顔を見て、私は気分が落ち着いてくるのを感じる。学校にいるときから何かが足りないような違和感があったのだが、その理由が今わかった。

「じゃあ、アーニャも一緒に食べよ？　どっちがいい？」

「みやげ物なので、小花に選んでもらいたいが」

ひとまず小花がプリン、私がゼリーのほうを手に取る。めいめいカップのシールをはがし、レジ袋に入っていたプラスチックのスプーンで食べはじめた。

「おいしいねえ。わたし、生クリームが大好きなんだあ。太りやすい体質だから、そんなにしょっちゅうは食べられないけど」

小花は嬉々《きき》として、生クリームがのったプリンを口に運んでいる。相変わらず体重のことを気にしているようだ。私からは健康的ではあっても、決して肥満体型には見えないのだが。

食べ終わったあとは、カップと使い捨てのスプーンをレジ袋の中に片づけていく。

そのとき、小花の枕元に一冊の写真アルバムが置いてあるのに気づいた。小花も、私の視線

の行方を理解する。

「それね、わたしの子供のころの写真。懐かしくって、最近よく見るんだあ」

「私も見て構わないか？」

「うん」

私はアルバムを手に取り、写真がファイルされたページをめくる。

最初のページに貼られた写真には、生まれたばかりのころの小花《こはな》が写っていた。ベビーベッドの上ですやすやと眠っている、まるまる太った健康そうな赤ん坊。

そして。

「…………」

その隣で、まるで子守りをしているかのように寄りそう巨大な猫がいた。

白毛に黒のブチ模様。牧場の牛を思わせる柄の、ふさふさと毛足の長いサイベリアン。この春に天国へ旅立った、この家の最年長猫であるモーさんだった。

写真の中で小花はすくすくと育っていき、幼稚園や小学生時代と思《おぼ》しき姿に成長していく。

家の中で撮影されたほとんどの写真に、モーさんが一緒に写っていた。最初は猫のほうが大きかった両者のサイズは、小花の成長とともに逆転していく。

この猫とは生まれたころからずっと一緒だったと、小花が以前に語っていたのを思い出す。

「……今日は、部屋でずっと寝ていたからかなあ。なんだかずっと、モーさんのことばっかり思い出しちゃって」

気づけば、いつの間にか小花は目元を指先でぬぐっていた。その瞳は濡《ぬ》れている。さっき見た目の充血や潤みは、発熱のせいだけではなかったようだ。

「ずっと一緒だったのだから、無理もない」

亡くした猫のことを思う小花の気持ちを想像し、私もまた胸がふさがる息苦しさを覚えた。冬の冷たい空気を吸いこんだときのように、鼻の奥がつんと痛くなる。

「あ。しんみりさせちゃって、ごめんねえ。でも、うちにはチョビちゃんもキキちゃんも、たくさん家族がいるから平気だよお？」

私の反応に気づいた小花が、いつものように明るく笑う。

それをよそに、ペットロスと呼ばれる症状を私は思い出していた。

長年一緒に暮らした動物に先立たれた飼い主は、多くの場合とても大きな喪失感《そうしつかん》と悲嘆に襲われる。

それは動物を死なせてしまった己を責める自罰感情とも合わさって、飼い主をひどく塞《ふさ》ぎこませてしまう。直接的な悲しみは時間が忘却させてくれるが、それでも日常のふとした瞬間にたびたび蘇《よみがえ》ってくるという。

一六歳の小花にとって、年子の姉妹のようなモーさんとの日々は今までの人生すべてに重なる思い出だろう。その喪失の影響は、他人が思うよりもずっと大きいのかもしれない。

「こはちゃーん？　起きてるう？」

そのとき、階段を上がってくる足音と小花《こはな》を呼ぶ声が聞こえてきた。やがて、エプロンを着けた彼女の母親が二階に顔を出す。

「起きてるよお。なあに、お母さん？」

「今お客さんがいるんだけど、ちょっと駅前にいく用事ができちゃったのお。一〇分ばかり出かけてくるわねえ」

「わかったあ。わたし、もう熱も下がったからお店のほうは見ておくよお」

「そう？　じゃあ、悪いけどちょっとだけお願いねえ」

母親は再び階下へ降りていく。布団から出ようとする小花の手を、私は反射的に握っていた。

「アーニャ？」

「微熱があるし、まだ安静にしていたほうがいい」

「これぐらいなら平気だってば。マスクもしてくから」

「そのミッションなら、私が代わりに遂行《すいこう》しよう。せっかく見舞いにきたのだから、小花の役に立ちたいと思う」

「えーっ!?」

小花が声を上げて驚いていた。ほかならぬ私自身も同じだ。こんなことを言うとは自分でも予想がつかなかった。

ただ、傷心を引きずる小花のためになにかをしてあげたい――そう思う気持ちが、気がついたら私の中で勝手に動いていた。それだけだった。

「気持ちはうれしいけど……大丈夫ぅ？」

「問題ない。猫カフェ店員の仕事なら、小花を見てある程度は理解している」

心配そうな小花に対し、なんの保証もない返事をする。私は小花がいつも使っているエプロンをすると、堂々と階下へ降りていった。

キャットタワーやキャットウォークが設置された、一二畳ほどの広い和室。猫カフェスペースに改装された大広間の壁際に立ち、お客さんとたわむれる色とりどりの猫の行動を見守る。

すると、鼻の下にちょびひげ模様のある三毛猫のチョビが寄ってきた。

チョビは私を見つけると、いつも足のにおいをかいでくる。今日も、ふんふんすんすんと学校指定のソックスに鼻を近づけ私のにおいを確認していた。

それはいい。

「お……おい」

さらなる異変に気づいたのは、次の瞬間だった。寄ってきたのはチョビだけではない。部屋にいたほかの猫たちも、つられたかのように私の足下に集まってきたのだった。

そして一斉に、鼻を鳴らして私のにおいをかごうとしてくる。何匹かは後ろ足立ちになり、私の脚によじのぼってきそうな勢いだった。

「お、おまえたち……いったいどうしたんだ？」

大量の猫たちに囲まれた私は、怒濤《どとう》のニオイカギ攻撃の前になすすべもなく棒立ちになる。

さらに悪いことには……

「ママー。猫ちゃんたちがみんな、あのお姉ちゃんのところにいっちゃったー」

「まあまあ、なんだかアイドルの握手会みたい」

「猫ちゃんも店員さんも、どっちもかわいいわねえ。写真撮っちゃおうかしら」

お客さんは子連れの主婦たちだったが、猫に群がられる私をニコニコとスマートフォンで撮影していた。店のアトラクションの一環だとでも勘違いしているのだろうか。

「……どうしろと？」

猫たちの謎めいた行動と、思わぬ形で注目を浴びてしまった自分の状況。それらに困惑していると、私を見る視線にふと気づいた。

「あらあら」

そちらに目を向けると、外国人の女性客が座卓テーブルの前でくつろいでいた。

ハニーブロンドの髪が華やかで、スタイルのいい二〇代後半から三〇代前半と思《おぼ》しき美人だ。明良《あきら》と同年代か少し上だろうか。

ファッションモデルのような着こなしでドレススーツを身にまとい、ティーカップを優雅に口元へ運んでいる。やさしそうな微笑に包容力を感じた。

「店員さんがカフェ中の猫ちゃんを独りじめしては、あまりよろしくありませんわね」

「そう言われても……私も非常に困っている」

困惑するままの私に、女性がくすくすと可笑《おか》しそうに声をもらす。

「うふふ。もしかしてあなた、お家《うち》に猫を飼っていらっしゃるのではなくて？」

「そのとおり、だが……？」

「きっと、原因はそれですわ。猫というのは自分たちのテリトリーを大事にする生きものです。あなたから知らない猫のにおいがするので、珍しがって寄ってきたのですよ」

良く見ると、女性の膝元《ひざもと》にも数匹の猫が集まってきていた。

「わたくしも自分で猫を飼っておりますから、良くわかりますのよ」

たしかにピロシキが家に居着くようになってから、私が『松ねこ亭』に客として訪れたことはなかった。だから猫たちは、知らない猫が入りこんできたとでも思っているのだろうか。

「なるほど……」

「猫を飼っている猫カフェの店員さんなのに、猫のことはお詳しくないのかしら？」

「……理由があって猫と暮らしてはいるが、以前は犬の苦手だった。ここの店員も、臨時で手伝っているだけだ」

金髪の女性は、奇妙に底の知れない微笑をたたえて私の話を聞いている。ふと、彼女に対する興味がわいた。

「日本語がずいぶん上手だが、このあたりの住人なのか？」

「ありがとう、あなたもね――わたくしはアメリカからの旅行者です。この土地へは昨日、仕事でやってまいりましたの」

そのとき、子連れの女性客が手を挙げて私を呼んだ。

「すいませーん、注文いいですか？」

「了解した、少しお待ちを――では、ごゆっくり」

私は金髪女性との会話を打ち切り、そちらの客のほうへと向かう。猫たちもゾロゾロと、民族大移動のごとく私についてきた。

「アイスの抹茶ラテと、この子にはクリームソーダ。あと、松ねこ特製パフェひとつください」

特製パフェ……だと？

私の知らない、おそらくはカフェの新メニューだ。知らないのに、どうやってそれを作ればいいというのだ。店員が客に訊《き》くのは本末転倒だし……実に困った。

「あの？」

「はい！　アイス抹茶ラテとクリームソーダ、松ねこ特製パフェですね？　ご注文うけたまわりましたあ」

快活にそう答えたのは、私ではなかった。

横を見ると、すぐそこに小花《こはな》の笑顔がある。いつの間にか普段着に着替え、店のエプロンを着けて降りてきていた。

「体調は？ ほんとうに大丈夫か？」

「うん、もう全然平気。ずっと寝てるのも退屈だし、かえって身体《からだ》が痛くなっちゃうもん」

小花は私の手を引き、台所のほうへと導いていく。

「松ねこパフェの作り方、教えてあげるねえ」

「面目《めんぼく》ない……」

小花を手伝うつもりが、逆に助けられるとは実に締まらない結末だ。

ふと大広間のほうを振り返ると、金髪のアメリカ人女性の姿はいつの間にか消えていた。


その晩の入浴後。

私は寝室に使っている部屋で読書、旭姫《あさひ》はリビングでテレビを観て別々に時間を過ごす。ピロシキは私たちの間を、気ままにいったりきたりしていた。

やがて、こげ茶と白のハチワレはなにかを口にくわえて引きずってきた。そしてそれを、私が横になっているベッドの下にぽとりと落とす。

それはおもちゃの猫じゃらしだった。しばらく使っていたものがボロボロになったので、昨日新しく買ってきたばかりのものだ。

ピロシキはまん丸の目を輝かせ、前足をそろえた待機ポーズで私の顔を見上げている。

こうなると猫の要求はわかりやすい。退屈なので遊べと言ってきているのだ。

私は読書を中断すると、ピロシキの要請にしたがって猫じゃらしを手にとる。そして縦横無尽に動かしはじめると、ピロシキが爛々《らんらん》と目を光らせ跳び回りはじめた。

「いつもながら、きりがないな……」

猫と遊ぶときの悩みどころは、やめどきが見極めづらいということだ。

人間の都合で疲れたからと中止するや、すぐに再開を要求されてしまう。結果、そのタイミングは猫があきるまでということになる。

こうなったら、とことんまで付き合ってやろう……とこちらもエンジンがかかってきたところで、ピロシキは唐突に遊びに興味を失い背を向けてしまった。

それどころか、「そんな棒きれを持って何をやっているんだ?」と言わんばかりの冷たい視線で私を振り返ってくる。

「ええ……それはないんじゃないのか?」

いつものことだが、私は思わずあきれてしまった。

自分が運んできた猫じゃらしなど最初から存在しなかったかのように、ピロシキはどてっと床に寝そべり毛づくろいをはじめている。

その自由すぎる姿をじっと見ていると、いつの間にか旭姫《あさひ》が寝室の入口に立っていた。

「アーニャ、また笑ってるね」

旭姫は、私のほうを見て微笑している。

口元に指で触れてみると、たしかに頬《ほお》の輪郭が自然と吊《つ》り上がっているのが感じられた。

「……気づかなかった」

「うん。いつかのお花見にいったときに、一瞬だけ見た感じの顔になってる。こないだは最近リアクション薄くなったなーと思ったけど、やっぱりそういう笑い方のほうが自然だよね」

「そうか……」

自分の中で今ゆっくり動いているものは、ただ胸の奥をじんわりと温める、焚き火にも似たほんの小さな熱だった。

決して強くも激しくもなく、けれど確かに存在する感情。それが、自分の深い場所から無限に湧き出してくるかのように感じられる。

無防備にくつろぐピロシキを見ていると、面白おかしさよりも泣きたくなるような切なさがこみ上げてくるのはなぜだろう？

この毛に包まれた子供のような生きものが望むままあくびをしたり寝転がったりするさまを、ずっとそばで見守っていたい。私の中に今あるのは、そんな気持ちだった。

そして。このところの私を振り回してきたままならぬ感情の動きは、どうやら旭姫が言うように自然なものに整ってきたようだ。

その理由について、私はひとつだけ確信を持った。

今の私が浮かべているという自然な笑顔は、この日本で過ごしてきた時間がなければ存在しなかったものだろうということだ。

すなわち、旭姫《あさひ》とピロシキとの三人での暮らしが。

思い返せば、たいして劇的でもなく他愛《たわい》もないことやくだらないことも多々あった。

けれどその時間はきっと、私にとってかけがえのないものであるのにも違いないのだ。

旭姫がくるまで、誰もいないこの部屋でたった独り寝起きしていた無味乾燥な生活。

そして日本へやってくる前……ロシアの犯罪組織《家《ドーミク》》で送ってきた非情な殺人の日々。

たった数か月前だというのに、自分がそんな空虚をかかえて生きていたというのが信じられなかった。


——猫がきっと、君の失ったものを取り戻してくれるだろう。


思い出すのは、この頰《ほお》に触れた冷たい雪と桜の花びら。

対象的なそのふたつの記憶こそが、過去と今のアンナ・グラツカヤをそれぞれ象徴していると言えるだろう。

あの雪ふるシベリアの大地——人間として大事なものを何ひとつ持たず、誰の死を前にしても心動かすことのない冷血の暗殺者は、もうどこにもいはしない。

桜の花びら舞い散るこの春——老猫モーさんがこの世を去ったとき、彼女と入れ替わるかのように誕生の産声をあげた今の私が、かわって今ここにいる。

いつかユキが願ったように、不器用に泣いたり笑ったりを日々繰り返しながら。

そして今の私の中には、もう二度と過去の自分には戻りたくないという想いがある。

いつしか芽生えたその自覚と意思が、不安定だった心を定めてくれる重石《おもし》となったのかもしれない。

「アーニャ、もう寝よ?」

「うむ。では、先に歯を磨いてこよう」

けれどこの平和で取るに足らない生活も、いつかは終わるときがやってくるのだろう。だからこそ、これほど大切に思えてくるのかもしれないが。

ただ、それでも——

この世に神がいるというのなら、祈ってみるのも悪くないと私は思っていた。

このささやかな日々よ、少しでも永く続いてくれと。

松ねこ亭

小花の実家が
経営する古民家
猫カフェ。

Intermission.1

あたし——宗像旭姫《むなかたあさひ》の隣では、アーニャがすやすやと寝息をたてていた。

ピロシキは足下のほうで、あたしとアーニャの間にすっぽりはさまるように丸くなって寝ている。

「…………」

なんだか眠れないあたしは、寝返りを打って横になりアーニャのほうを向く。仰向《あおむ》けに寝ているアーニャの横顔は、暗がりの中で深いブルーのシルエットになっていた。

アーニャの寝顔。そして、かすかに開いた唇。

それをじっと見ていると、あたしは何日か前の事件を思い出してしまうのだった……


その日。あたしが学校から帰ってくると、玄関にはアーニャの靴があった。

『アーニャ、もう帰ってるの？』

家の奥に向かって声をかける。アーニャの返事は返ってこなかった。

トイレかな？　あたしも靴を脱いで家に上がる。

ダイニングへ向かう廊下の途中。ピロシキのキャットタワーが置いてある部屋のドアは開いていた。

『えっ……』

その部屋の床で、アーニャが大の字に倒れていた。

『ちょっと、アーニャ!?』

一瞬だけ寝ているのかと思ったけど、反応がない。どうやら完全に気絶してしまっているようだ。その横ではピロシキが、のんきに猫じゃらしで一人遊びをしている。

こんな場面なんて、テレビドラマの中でしか経験がない。

『ええと、こういうときは……』

どうしよう。パニックになりかけ、頭の中がぐるぐる回る。そうだ、人工呼吸だ。

急いでスマホを取り出し、やり方を調べる。

『ええとまず、気道の確保……!』

アーニャの顎《あご》を持ち上げて、顔を上向きにさせる。

その次に――空気の注入。

『……やっぱり、そうや、っ、て、やるんだ』

でも、ためらっている暇はない。あたしは一瞬で覚悟を決めた。

アーニャの鼻をつまんで、それから口を開けさせる。めちゃくちゃ緊張しながら、ゆっくりと顔を近づけていった。

お人形さんみたいにきれいなアーニャの顔を目の前にして、心臓がバクバク鳴っている。つやつやとしたピンク色の唇しか目に入らない。

あたしは深く息を吸いこむと、目をつむってアーニャと口同士をくっつけていた。

頭の中がかあっと熱くなる。自分の心臓の音がうるさくて、ほかに何も聞こえない。私は夢中で、アーニャの口の中に息を吹きこんでいく。

効果があるのかどうかなんて、わからない。全部が見様見真似《みまね》だ。それからまた空気を吸い、もう一度人工呼吸をやろうとする。

そこでふと、アーニャの呼吸が別に止まってはいないことに気づいた。

急に冷静さを取り戻して、あたしはあることを意識する。

『チューしちゃった……アーニャと』

安心したとたん、今さらのようにとんでもないことをしてしまったと思った。アーニャのほうはわからないけど、あたしにとってはこれが初めての体験だ。

でも、緊急事態なんだからしょうがないよね……？

ぷにっとした唇の感触を思い出しながら、アーニャが起きるのを待つ。

けれど、なかなか目覚める様子がなかった。あたしは少し不安になり、お水を飲ませることにした。キッチンでコップにくんでくる。

そして、アーニャの鼻をつまんでコップから口に流しこもうとして。

『あ……これ絶対むせるやつだ』

あたしは思い直し、コップの水を自分で口にふくんだ。

それからもう一度アーニャに顔を近づけ、唇を重ねながら口の中にふくんだ水をゆっくり流しこんでいく。アーニャの喉《のど》がこくりと動き、睫毛《まつげ》が震えはじめた。あたしはあわてて唇を離す。

『アーニャ！　アーニャ！　ちょっと大丈夫⁉』

身体《からだ》を揺さぶりながら声をかけると、やがてアーニャは目を覚ました。

『……ああ、旭姫《あさひ》か……お帰り』

『お帰りじゃないわよ……ああ驚いた』

どこにも異常はなさそうなので、あたしは思わず安心のため息をもらしていた。

『学校から帰ってきたら、アーニャが床にぶっ倒れてるんだもん。死んじゃってたらどうしようかと思ったわよ……命を狙われる心当たりだって、ないわけじゃないんだし』

『死にはしないが……死ぬような目にはあったかもしれない』

起き上がったアーニャと視線が合う。

そのとたん、猛烈《もうれつ》な恥ずかしさが押し寄せてきた。あたしは思わず目をそらしてしまう。

『もう、なにやってるんだか……それじゃ晩ごはんの支度《したく》するから、アーニャはお風呂の掃除をお願いね』

「……あのときは、ほんとにびっくりしたなあ」

結局アーニャが倒れていたのは、ただの笑いすぎという馬鹿みたいなオチだった。まったく、人騒がせなんだから。

だけど、アーニャと一緒に暮らしていると、なんだか毎日がドキドキする。

見た目は氷の美少女って感じでかっこよくて綺麗なのに、信じられないぐらい常識はずれで危なっかしいところもある年上の女の子。

やっぱり、そんなアーニャにはあたしが一緒にいないと駄目だと思う。内緒でキスもしちゃったし……もう他人じゃないもんね。

そうだ。今度、冗談で実家に帰るって言ってみたらどう反応するか見てみようかな？

きっと情けないぐらいにあわてて、帰らないでくれって止めようとするよね。だってアーニャは、あたしの作るごはんが大好きなんだもの。

「……ふふっ」

そのときのアーニャの顔を想像すると、自然と笑いがこぼれてしまった。

もしかして、さびしくて泣いちゃったりもするのかな？

そうなったらかわいそうだけど、ちょっとゾクゾクするし見てみたい気もする。あたしって、もしかしてSっ気があるのかな……？

ああ——そのときのアーニャの反応が、ほんとうに楽しみだなあ。

Mission.2
動きだす魔女たち

梅雨の晴れ間は五月晴れと呼ぶのが、日本での慣習らしい。

六月中旬のその日は午後から雨が上がり、ずっと垂れこめていた灰色の雨雲もゆっくりと流れ去っていった。

目に飛びこんでくるのは、すべてを染めぬく白さを感じさせる強い陽射《ひざ》し。仰いだ空は、久しぶりに抜けるような青の色をのぞかせていた。

「……そうか。梅雨が明ければ、もう夏なのだな」

私はまぶしい午後の陽射しに目を細め、水たまりに映りこむターコイズブルーの空に視線を落とした。またひとつ、私の知らないこの国の季節が巡ろうとしている。

河川敷の突堤《とってい》沿いの通学路を歩いていると、水たまりを蹴立《けた》てる早足の靴音が後ろから近づいてきた。

振り向くと、薄紫色のランドセルをしょった旭姫《あさひ》が小走りにやってくるのが見える。

「ふう……待ってよアーニャ」

「旭姫か。下校時に会うのは珍しいな」

「今日はちょっとね。せっかくだから、このまま一緒にお買い物いこうよ」

「了解した」

いつもは旭姫が、買い物は下校途中にすませてくれている。今日は私も同行し、地域で一番大きなスーパーマーケットへ寄ることにした。

「今日は荷物持つのが二人だから、明日のぶんも買っていこっと」

スーパーでいつもより多く生鮮食料と日用品を仕入れ、マンションへの帰路につく。

この方角からだと、近所にある公園内を突っきっていくコースが一番近い。公園の入口までさしかかったとき、こちらに向けて手を振る女児の姿が見えた。

「あっちゃーん！」

「あ、学校の友達だ——アーニャ、すぐ追いつくから先にいってて？」

自転車に乗った女児のいる一五メートルほど先の曲がり角まで、旭姫が手を振りながら駆け出していく。私は旭姫の言ったとおり先に公園へ入り、遊歩道をゆっくり歩きながら家の方角へと向かった。

黄色みを増した西陽と蒼《あお》い木陰が交錯している、公園のベンチ。前方に見えるそこに誰かが座っているのに気づいたのは、そのときだった。

（あの女は——）

斜陽にきらめくハニーブロンド。ただ座っているだけでも伝わってくる、優雅で華やかな雰囲気の美女……いつぞや『松ねこ亭』に客としてきていた、アメリカ人だった。

金髪の女性は、膝《ひざ》の上で首輪をした猫を抱いていた。

もっちりと丸い顔や手足が大きく安定感ある体型は、どこかピロシキにも似ている。銀色の短い毛並みを基調に、手足の黒いトラ縞《じま》と渦を巻くような背中のマーブル模様が美しかった。

たしか、アメリカンショートヘアとかいう猫種だ。

「あら。またお会いできましたわね、かわいい店員さん」

女はさも奇遇そうに挨拶《あいさつ》してくるが、私は警戒心を抱かずにはいられなかった。

私は偶然を信じない。二度あることには、必ずなんらかの理由が存在すると思っている。それはつまり、この女がここで私を待ち受けていた可能性があるということだ。

猫を抱く女の雰囲気には、危険をにおわす兆候は何ひとつも見て取ることはできない。だが、外見の印象などあてにならないということも私は良く知っている。

裏の世界の人間にとって、本性を隠す擬態《ぎたい》は呼吸と同じぐらいに自然なことだ。現に私は、殺し屋である明良《あきら》の正体をしばらく気づくことができなかった。

「貴様……何者だ？」

私は二メートルほど手前で足を止め、静かに問いを発した。

「わたくしの名前は、ロザリー・フェアチャイルド――ですが今は、《グライアイ》の長姉ペムプレードーとお呼びくださいな」

全身は指一本に至るまで脱力し、次の瞬間にも最高の瞬発力を発揮できる。ペムプレードーと名乗った女の起こすあらゆるアクションに対応できるよう、神経は氷のように冷静に研ぎ澄まされていた。

彼女はただ、敵意や闘争心とは無縁のやわらかな微笑をたたえている。

おそらくは、私が警戒態勢に入ったのを知りながらだ。それが逆に、この女の持つ底知れなさを感じさせた。

銀毛の洋猫はなでられるままに身をまかせ、サファイアブルーの瞳を私に向けていた。

キョトンとしたまん丸できれいな眼差《まなざ》しを見ていると、つい心が平穏になり緊張感が抜け落ちそうになってしまう。

もしや、これもペムプレードーの仕掛けた戦術の一環であるのか……？

だとすれば猫使いともいうべき彼女は、かつてなくおそろしい相手なのかもしれなかった。

よもや、私の弱点をこんな形で利用してくるとは――

「あ、いたいた。なにしてるのー、アーニャ？」

と、そのとき。私の後ろから旭姫《あさひ》の声が近づいてきた。

まずい。もしこの女が私への刺客《しかく》でこの場で戦端が開かれたとしたら、非戦闘員である旭姫が巻きこまれてしまう恐れがある。

「旭姫！」

くるな――と後方を振り向き、危険を呼びかけようとした瞬間だった。

「はわぁぁぁぁぁぁぁんっ――――」

奇怪な生物の鳴き声が、前方から響いた。

反射的にそちらへ向き直ると、ぺムプレードーが猫を抱えたままベンチから腰を上げている。

だが、彼女は明らかに普通の状態ではなかった。

顔面をはじめ全身が異常なまでに紅潮し、じっとりと汗ばんですらいる。瞳孔《どうこう》は猫みたいに散大し、その奥に無数の星が見えるかのようにきらめいていた。

全身は細かく震え、はっきり言って挙動不審の極みである。さっきまでの優雅さや底の知れない強者的なオーラは、もはやみじんも感じられない。

何より奇妙なのは、そのしまりを失い半開きになった口元だ。

異常に分泌された大量の唾液《だえき》は、今にも口からこぼれ落ちそうだった。まるで餓死《がし》寸前の状態で、眼前に大好物の食べものを差し出されたかのような──

「……？」

ぺムプレードーの視線は完全に前方に固定されている。だがその焦点は目の前に立つ私を通り越し、背後で結ばれているような気がしてならなかった。

「どうしたの、アーニャ？」

向かい合う私たちのところまで、旭姫《あさひ》が追いついてきて不思議そうに問う。だが、どう答えたらいいものやら。

「……そ、そちらの、とてもかわいらしいお嬢さんは、いったいどなた……ですの？」

その声は情けないぐらいに震えている。どうにか意志力を振り絞って尋ねてきたと言わんばかりの様子だった。さっきまでの堂々たる態度との落差をいぶかりつつも、答えを返す。

「ある事情で私と同居している娘だ」

「つ、つかぬことを伺いますが……学年……お歳はおいくつ、ですの……？」

とても大事なことを確認するかのように、ペムプレードーはごくりと生唾《なまつば》を飲みこむ。

「？　小学五年生の一〇歳だが」

「しょ、小五……ッ！　じゅ、一〇歳……ッ！」

なぜかペムプレードーが恍惚《こうこつ》の表情を浮かべ、勝手にのけぞりかけている。口元を押さえた掌《てのひら》の下にはかすかに鼻血らしきものも見えた。挙動不審にもほどがある。

「アーニャのお知り合い？　――あ、どうも。宗像旭姫《むなかたあさひ》です」

遅れて旭姫が、ペムプレードーの存在に気づいて会釈《えしやく》する。その顔が、金髪美女の胸に抱かれた猫を見てぱっと輝く。

「あっ、アメショーちゃんだ。かわいい～」

「おまかわ」

旭姫の言葉へかぶせるように、ペムプレードーが意味不明な言葉を口走った気がした。その顔は風邪でもひいたかのように紅潮したまま、謎の潤んだキラキラ目で旭姫を見つめている。

「……今なんて？」

「い、いいえ。なんでもありませんわ……それでは、失礼いたします。またお会いできる日を楽しみにしておりますわ。旭姫さん、アンナさん」

ペムプレードーは私の問いをはぐらかすと、きびすを返して立ち去っていく。なかなか手際の良い離脱っぷりだった。

旭姫は若干ぽかんとしつつ、去っていく女の背中を見送っていた。

「…………」

私は、先ほど自分を襲った直感は間違いだったのかと思い直す。

最初に感じとったものは、私と同じ血と殺戮《さつりく》の世界を知り尽くした裏街道の人間かもしれないという警戒心だ。

だが後から現れた旭姫の姿を見たとたん、それまでとは別人のようにゆるみきった態度——ありていにいえば、支離滅裂《しりめつれつ》なポンコツぶりを露呈《ろてい》しはじめた。私のイメージも一瞬にしてガラガラと崩れ去る。

あれが演技だとはとても思えない。もしあの豹変《ひょうへん》ぶりさえ計算だったというのなら、それはそれでおそろしいとも思うが……どうやっても私には、素の態度にしか見えなかった。

「きれいな女の人だったね。ハリウッド映画の女優さんみたいで」

「結局、誰だったのかは謎のままだが……では私たちも帰ろうか、旭姫」

風変わりだが、とりあえずは無害そうなアメリカ人。ペムプレードーに対する私の印象は、いろいろと不可解を残しつつも結局そこに落ち着こうとしていた。

だがその瞬間、すきま風にも似た違和感が背中をなでる。

(彼女は、たしか……)

去り際に彼女が口にした名前が、私の意識に引っかかった。

私は相手に一度も名乗っておらず、この場で旭姫《あさひ》が口にしたのはアーニャという愛称だけ。にもかかわらず、ペムプレードーは私を本名のアンナと呼んだのだ。

もちろん、ロシア人の名前についての知識があれば愛称から類推することも可能だ。この一事だけで断を下すことはできない。

私はもう一度、ペムプレードーが去った方角へ視線を向ける。

金髪の異邦人と銀毛の猫の姿は、もうどこにも見えなかった。


長雨のあがったその日の午後。わたくしことロザリー・フェアチャイルド、またの名をペムプレードーは待ち人の訪れに備えていた。

対象である《ロシアン・アサシンガール》ことアンナ・グラツカヤさんが五二分前に鳥羽杜《とばもり》女子高校の校門を通過した報告は、すでに地上を監視するアメリカの軍事通信衛星とリンクしたディノーさん――わたくしの『妹』からの連絡を受けていた。どうやら対象は普段とは異なる経路を使用し、帰宅の途についたもよう。

わたくしは対象の現在地と自宅を結ぶルートを解析し、最適の邂逅《かいこう》ポイントとしてこの鵯《ひよどり》橋《ばし》二丁目公園を割り出していた。

対象が通過する、公園の東側と西側を結ぶ遊歩道にあるベンチ。わたくしはそこに座り、膝《ひざ》の上で久しぶりの太陽を浴び上機嫌なシルヴィ――かわいいわたくしの猫の頭と背中をなでながら、そのときを待つ。

布石はすでに、先日の猫カフェ『松ねこ亭』において打ってある。

強い印象を残す異邦人との、短期間での再会。その事実は、どんなに対象が愚鈍《ぐどん》であっても特別な意味を感じさせずにはおかないだろう。そしてわたくしに対する警戒心から、日頃は隠したその本性とポテンシャルを見せてくれるはず。

生と死が秒単位で変動するわたくしたちの世界、そして地球上のすべてがネットワークで網《もう》羅《ら》された現代において、遠回しな腹の探り合いなど無用でしかない。結論はスピーディに、そしてスマートかつエレガントに出したいものだ。

わたくしの目的は対象との交戦ではないものの、交渉《ネゴシエート》のステージにおいてこちらが格上である事実を示すことは重要だ。いかに我々アメリカＣＩＡが対象の一挙手一投足までも完全に把握《はあく》しており、巨大な組織力を有しているのかを。

またアンナさんが少々血気さかんなタイプであった場合、軽くお手合わせをして実力差を教示してさしあげても構わない。ときには言葉よりも鞭《むち》が雄弁になる。

「さあ——やってまいりましたわね、アンナさん」

果たして対象は、わたくしの算出したルートをたどって公園内に姿を見せた。

あとは、予定どおり彼女と一対一の交渉ステージに突入する——はずが。


「あ、いたいた。なにしてるのー、アーニャ?」


ズキュウウウウンという音が、どこかで聞こえたような気がした。

わたくしの心臓が、見えない愛の銃弾で撃ち抜かれる天国の響きが。

その瞬間、わたくしの視界……そして魂は、世界を覆いつくす真っ白な光に焼き尽くされていた。否、浄化されていたのだった。

そこには天使が降臨していた。

地上に舞い降りた天使は、白い翼のかわりに薄紫色のランドセルをしょっている。

わたくしは不覚にも、自分の果たすべき使命すら忘れてしまっていた。

すべてにおいて完璧なわたくしの、唯一といっても過言ではない弱点……それは、恋に落ちるとあらゆる思考が停止してしまうということだ。

ただし、わたくしが恋に落ちる対象は一二歳以下の美少女と限定されている。

それゆえに、そうそう罠に陥《おちい》る確率は高くない。だが眼前に出現したラブリースイートエンジェルは、完全にわたくしのどストライクなのであった。

美しく清楚《せいそ》な黒髪は、その絹糸のごとき手触りを想像しただけで恍惚《こうこつ》となってしまう。アーモンド型の切れ長の瞳は、きれいなだけでなく意志の強さをも感じさせる。見ているだけで魂が引きこまれる、南海の水底にきらめく黒真珠のようだ。まさに東洋の神秘。

そして、折れそうなほどに華奢《きゃしゃ》な手足のいたいけさ。だらしない皮下脂肪とは無縁の、美しい肋骨《ろっこつ》が透けて見えるような薄く細い身体《からだ》のライン。それらのバランスも、神が造りたもうたかのように完璧だった。

なにより尊いのは、二度とは帰らぬ一過性の聖なる輝き……ふくらみかけの、あるかなしかの淫靡《いんび》な曲線を描く少女のちっPPpAい、まずい、油断すると思考がバグる。

突然現れたこの超絶美少女は、いったい対象であるアンナさんのなんだというのだ……？

わたくしの全思考は、それを知りたいという一念によって完全に支配されてしまっていた。


「アーニャのお知り合い？　――あ、どうも。宗像旭姫《むなかたあさひ》です」

アサヒ、つまりライジングサンを意味する名前。まさに日出《ひい》づる国の天使にふさわしい。

そして、小学五年生というセンシティブワードの破壊力たるや。私は興奮のあまりあふれ出す鼻血を必死にこらえた。混乱した脳はウイルスで破壊されたプログラムのように、支離滅裂《しりめつれつ》なループを繰り返している。

対象の身辺調査については、すでに完了していた。そのはずだった。

居住する3LDKの部屋の所有者は宗像夜霧《むなかたよぎり》という日本人で、対象との面識は過去において洗い出されていない。軍人や諜報員《ちょうほういん》としての活動履歴のないまっさらな民間人であり、資産運用面におけるイリーガルな脱法行為の痕跡《こんせき》も特に見当たらなかった。結果、対象の活動してきた裏社会とのつながりはシロと推定される。

しいて言えば再婚者であり、前夫が海外で事故死したロシア人という点のみで対象との共通項はある。しかしそれも、対象が出生するずっと以前の話であり因果関係は認められない。

対象が私立鳥羽杜《とばもり》女子高校の学生となっている事実も調査済みだったが、学年は高校二年。つまり、わたくしのストライクゾーンからも外れている。ハニートラップにより弱点を衝《つ》かれ、任務に支障をきたすおそれもなかった。

よって彼女――旭姫《あさひ》さんの登場は、完全に想定外のアクシデントだったといえる。

もし旭姫さんの年齢があと三歳ほど上だったのならば、問題は何もなかった。しかし、わたくしはクリティカルに急所を射抜かれてしまっていた。

必死に思考を立て直し、一時撤退という戦略を選ぶ。どうにか平静を装《よそお》いつつ、後ろ髪ひかれる思いで対象たるアンナさんたちの前から引き上げていったのだった。

「ああ。なんという、ままならぬ運命なのでしょう……この極東の地にやってきて、よもやわたくしが恋に落ちようとは」

対象の住む街から車で三〇分ほど離れた県庁所在地の市内で、最も格式の高いホテルのスイートルーム。

そこに設置した作戦本部《ヘッドクオーター》に帰ったわたくしは、ウイスキーと生クリームをふんだんに入れたアイリッシュコーヒーで気分を落ち着かせる。

この燃え上がる恋心をどうにか沈静化させなければ、わたくしが諜報員としての能力を十全に取り戻すことは難しいだろう。

その間は、我が精鋭たる部下……そして魂の姉妹たちにミッションを委《ゆだ》ねるよりほかにない。本来狩りは単独ではなく、チームで行うものなのだから。

「頼みましたわよ……エニュオーさん、ペルシスさん」

メッセージ送信を終えたスマートフォンを手に、わたくしは何度目かになる熱いため息を夜にこぼす。

ベッドの上でフカフカの羽根枕にもたれていたシルヴィが、そんなわたくしにあきれたかのように大あくびをしていた。

奇妙な異邦人と出会った、その夜。いつものごとく、旭姫《あさひ》と一緒に入浴する時間になった。

「そういえば、旭姫がきてからもうすぐ三か月になるな。家に帰らなくても大丈夫なのか？」

そのタイミングで、気になっていた話を振ってみる。いつか、明良《あきら》から指摘された問題だ。

「なによ。いきなりあらたまって」

私と向かい合わせになって、バスタブの湯につかりながら。

白い湯気の向こうで、旭姫が怪訝《けげん》そうに眉をひそめる。

「いや……家の都合など、いろいろとあるだろうにと思ってな」

「別に平気よ？　ママとはいつも連絡とってるし、用事があるときには学校帰りに寄ったりしてるから」

ちゃぽん、と湯気の中で水音が鳴る。旭姫が顔の下半分を湯面に沈め、鼻と目だけを出して私の顔をじっと見上げていた。

「そうか」

本人に問題ないと言われてしまえば、それまでの話ではあった。

よくよく考えてみると、私と一緒にいる間の旭姫はごく普通に振る舞っている。深刻そうだったり、つらそうな顔を見せたことは一度もない。

「というか、あたしがいなくなったらアーニャが困るでしょ?」

ぶくぶくと吐く息で泡を作って遊んでいた旭姫が、再び湯面から顔の下半分を出してそう言う。入浴で紅潮した顔には、いたずらっぽい笑みが浮かんでいる。

「ねえ。もし、あたしが明日すぐにでも帰りたいって言ったらどうする?」

そして、試すような口調でそう言った。私はそのことを真剣に考えてみる。

旭姫との別れ――それはたしかに、やがて確実にやってくる日なのだろう。

私と旭姫の同居生活は、あくまで奇妙なバランスの上に成り立っている一時的なものだ。いつなんらかの事情で突然終わりを告げても、決しておかしくはない。

私たちは肉親ではなく、どこまでいっても他人同士であるのだから。そのことは、私がこの暮らしにいだく愛着とは無関係に存在する事実だ。もし旭姫がそう決断したのなら、尊重はしなければならないだろう。

「どうするもこうするもない。他人である私が止める理由はないだろう」

私がそう返すと、しばし旭姫はじっと私の顔を見つめていた。

その表情から、彼女の考えを読みとることはできない。

「なーんて、嘘よ。アーニャったら、すぐ真面目《まじめ》に返すんだから――さ、シャンプーしよっと」

旭姫はことさら明るげに声を上げて笑いながら、バスタブから先に出ていった。

梅雨空はまた灰色の雲に覆われ、ゆうべからの雨は窓の外でやむことなく続いていた。

昼休みの時間。私——アンナ・グラッカヤはいつものように、クラスの友人たちと机を合わせて昼食をとる。

旭姫《あさひ》が持たせてくれたランチは、塩気の強いスパム肉にスライスした生の玉ねぎとスクランブルエッグをはさんだサンドウィッチ。簡素な材料なのに、とてもおいしく満足感がある。

私の向かいでは、小花《こはな》が黙々と弁当の箸《はし》を進めていた。いつになく口数が少なく、心ここにあらずといった感が気になる。食欲もあまりないようだ。

「どしたの、小花？　今日なんかぼーっとしてない？　あんまり会話に混ざってこないし」

それに気づいたのは私だけでなく、私の隣でスムージーのストローをすする竹里《たけさと》も同様のようだった。

「あ、ごめん。ちょっと考えごとしてた」

「コハっち、当ててあげよっか？　好きな人のことっしょ」

そう言って意味深な笑みを浮かべたのは、小花の隣にいる梅田《うめだ》だった。

「えっ？」

「そしてそれは、あたしのことだろー！　うりうり、白状せえ～」

急に小花の肩を抱き寄せると頭をくっつけ合い、梅田が爆笑する。小花もくすぐったそうに、首をすくめて笑っていた。

「ごはん中だよお、梅《うめ》ちゃあん」

「ないわー、絶対。もしあたしが男でも、たぶんウメは女として見れない」

「なんだと！　エリには女を見る目がない！」

いつもの調子な梅竹コンビに苦笑しながら、小花が雨滴で曇った窓ガラスのほうを見た。

「気のせいだったのかもしれないんだけど……朝ね、いつも前を通るお寺の裏あたりで子猫の鳴き声が聞こえた気がしたんだ。すごく小さい声だったから、ほんとに聞こえたのかどうかもたしかじゃないんだけど」

意外な返しだったのか、ふざけていた梅田も真顔に戻る。

「遅刻しそうで急いでたから、確認はしてこなかったんだけど……もしかしたら、捨てられたり母親とはぐれた子かもしれないなって」

「あー。それを思い出して引きずってるんだ？」

「うん……遅刻してもいいから、もうちょっと良く探してみればよかったかなあって。今になって後悔してる感じ」

「小花って猫好きだもんねー。見つけたらまた保護するの？」

その会話を横で聞きながら、私は中身を食べ終えたランチボックスをかばんにしまう。

「小花、その場所を教えてくれ。昼休みが終わる前に、私がいって確かめてこよう」

「えっ、アーニャが?」

私はうなずく。

もし体力が弱っている子猫だったなら、体温を奪う雨は体に毒だ。保護するのであれば、早めに動くに越したことはないだろう。

「もし確認できなければ、気のせいだったとして忘れるべきだ。そのたぐいの後悔を引きずり続けるのは良くない」

そう思ったのはこの間、小花《こはな》の家でモーさんの話を聞いたせいもある。

小花は私の友達だ。苦しい思いをして毎日をすごしてほしくはないし、なにか手伝えることがあれば力になりたいと心から思う。

「……ありがとう、アーニャ。それじゃ、わたしも一緒にいくね」

私の言葉で、小花も気持ちを定めたようだ。弁当箱をしまうと、席を立つ。

「マジで今から外にいくの? 雨ザーザー降りだよ」

「うん……モヤモヤはすっきりさせておきたいし」

「ん。それじゃ、いってらー。どうせなら、午後の授業もすっぽかしちゃえば?」

私と小花は学校の裏門から出て、傘をさしながら雨の道を歩きはじめた。

灰色に煙る風景はひたすら静かで、傘を打つ雨音と隣を歩く小花の息づかいしか感じない。

鳥羽杜《とばもり》女子高から、歩いて四、五分ほどの住宅地の一角にある寺。その敷地内の墓地に、私たちは入っていった。

灌木《かんぼく》の茂みの奥まで目をこらし、耳を澄ます。だがやまない雨だれのしぶきは、あらゆる物音を水のノイズの向こうに包みこんでしまっていた。

思い出すのは、かつて催涙ガスで視界を奪われた中で敵と対したときの記憶。

目を開けることすらできない状況下で、聴覚だけを頼りに敵を迎え撃つことに。敵の発するわずかな足音や呼吸音から位置を探知し、どうにか追手を全滅させ生還することができた。

そうした実戦の数々で研ぎ澄まされてきた私の耳は、雨だれ以外のどんな小さな物音をも逃さない。

「――いたぞ、小花」

そして、一〇時の方向から聞こえてくる弱々しい鳴き声をキャッチしていた。私がそちらへ向かうと、小花も急ぎ足でついてくる。

墓石を回りこんだ裏側は、墓地の境界であるコンクリートの塀《へい》があった。その塀と墓との間は、雑草が伸び放題の空き地になっている。

「あっ――」

私たちが見下ろした先に、一匹の小さな猫がいた。

全身はほぼ真っ白で、短いしっぽにだけ黒と褐色の模様がついている。草の上にうずくまり、猫よりは子犬っぽくも聞こえるかすれ声をもらしていた。両目のまぶたは、大量の目ヤニで接着されたように閉ざされている。乾いて固形化した鼻水が顔一面にこびりつき、その場を動かずじっとしていた。

いや、もう動けないぐらいに衰弱しきっているのだろう。汚れた体毛の上からでもわかるほど、骨が浮き出てゴツゴツしている。猫らしく丸っこいフォルムなど欠片《かけら》も見えないその姿を見たとたん、小花《こはな》の目頭に涙が浮かぶのが見えた。

「アーニャ、待ってて。近くのコンビニでタオル買ってくるから」

小花が駆け出していくと、私はあらためて猫の状態を確認する。

たしかに弱っているが、体毛は乾いており雨に濡《ぬ》れた痕跡《こんせき》が少ない。

その理由は、すぐにわかった。子猫を雨から守るように、広げたビニールの傘が草地の上に置かれていたからだ。通りすがりの誰かが置いていったのだろうか。

小花は数分で戻ってきた。調達してきたバスタオルで、子猫を抱き上げながら包みこむ。そしてコンビニのレジ袋を利用し、タオルでくるんだ猫をその中に入れた。

「おじいちゃんが車を出してくれることになったから、この子はすぐ病院に連れてくね。いったん家に寄っていくから、エリたちによろしく言っておいて」

「了解した」

私は猫を雨から守っていたビニール傘を取り上げ、たたんだ。そのときに、鼻先をふわりとバニラエッセンスの香りが漂う。傘の柄に残留していたものらしい。

「あっ、いいにおい……傘を置いていってくれた人がつけてた香水かなあ?」

「雨は朝からずっと降っていた。この傘がなければ、子猫の命ももたなかったかもしれないな」

「きっと、猫好きのやさしい人だったんだねえ」

小花の表情がやわらぐ。朝からの心残りが解消され、安心した様子が伝わってきた。あとは、この猫の生命力に託すしかない。

小花とはそのまま別れ、私は先に学校へ戻った。五時限目の授業はもう始まっていたが、いきさつを説明し軽く注意を受けただけで席につく。家に子猫を送り届けた小花は、私より三〇分ばかり遅れて教室に入ってきた。

午後からは雨もあがり、薄くなった雲間からは昨日以来の陽射《ひざ》しがのぞいた。

すべての授業が終わり終礼のチャイムが鳴ると、教室は下校時の解放感に包まれていく。

母親からのメッセージを読んでいた小花が、スマートフォンの画面から視線を上げて笑顔を見せた。

「あの子、血液検査で大きな病気はないってわかったみたい。ただ目ヤニがひどいし衰弱してたから、元気になるには時間がかかりそうだけどね」

「そうか。命が助かるのなら、それに越したことはないだろう」

下校する生徒で混雑する廊下を、小花と一緒に靴箱へ向かう。いつもとは違う異変を感じたのは、そのときだった。

前方から、なにやら生徒たちのざわめく声が聞こえてくる。

「うわー、超ギャルじゃん……あの子って誰かの友達？　どこの学校だろ」

「あの制服さ、もしかしてアメスクっていうやつ？　なんかコスプレっぽい感じだけど、めっちゃエッロ！」

「美形だし目の保養になるわ〜。やっぱ、ああいう格好も日本人よりサマになっててかっこいいよね」


昇降口付近に人だかりができている。そこに立つブーツをはいた一人の少女を中心に、見物する生徒たちが輪を成しているのだ。

長い髪を鮮やかなシグナルレッドに染めた、背の高い外国人だった。年齢は私よりもやや年上、一八か一九といったところだろうか。

グラマラスな胸元を大胆に開いた、制服風のブラウスとネクタイ。ギンガムチェックのスカートは、小さく引きしまったヒップまで見えそうなきわどい超ミニだった。健康的な小麦色の肌とグリーンの大きな瞳が、大胆で活動的な印象を見る者に与える。

多数の注目が集まるなか、退屈げに視線を空に遊ばせていた少女がこちらに気づいた。リップグロスを塗ったつややかな唇が、笑みの形に吊《つ》り上がる。

「あ、やっと見つけたし！」

女は長い脚で大股《おおまた》に闊歩《かっぽ》すると、私のすぐ前まで進み出てきた。覚えのあるバニラエッセンスの香りが、鼻先にふわりと漂う。

「おたく、アンナちんっしょ？　シベリアのイルクーツクからきたアンナ・グラッカヤちん」

そして、拍子抜けするほど軽やかに豪速球のストレートを投げこんできたのだった。

電子機器の回路が接続されるように、一瞬にしてすべての理解が完了した。

イルクーツク——私が脱走した組織の所在地。かつて私がそこに属していたという情報を、すでに握られている。

やはりペムプレードーと名乗ったこの前の女は、過去の私を知る裏街道の人間だったのだ。

そして、この赤髪の少女はその仲間。私はとっくに、得体の知れない流れに巻きこまれていたということになる。

「何者だ」

「あー、いきなりごめん。あたしのことはエニュオーって呼んで？」

無言のまままたたずむ私へ、女は冗談のように流暢《りゅうちょう》な日本語でそう名乗った。

エニュオー。ギリシャ神話に伝えられる不死身の魔女の名前で『闘争』という意味がある。

そして『邪悪』を意味する魔女ペムプレードーの妹であり、もう一人存在する姉妹をふくめて《グライアイ》と呼ばれている。

昨夜、ペムプレードーという名前について調べてみたおりに仕入れた知識だ。

もしこの女たちが自分たちを三姉妹の魔女《グライアイ》になぞらえているのなら、少なくともあと一人——伝承によって異なるが、デイノーもしくはペルシスの異名を持つ仲間がいる可能性が高い。

「あのお……エニュオーさん、でいいですか？ もしかして、お寺にいた野良猫ちゃんに傘をくれたのは……」

私の隣にいた小花《こはな》が、エニュオーの顔を見上げつつ会話に入ってきた。たしかにあの傘に付着していたバニラの香りは、目の前の女から漂ってくるものと同じだ。

睫《まつげ》毛の長いグリーンの瞳が、一瞬キョトンとしてから小花に向く。

「うん、あたしだけど？」

「わあ、どうもありがとう！」

小花がいきなりエニュオーの手を両手で握った。

「えっ、ちょ——」

「あの傘のおかげで、あの子を病院に連れてくのが間に合ったの。だから、ありがとお！」

小花の表情がぱあっと輝く。

なにも物理的に発光したというわけでもないのに、ついそのまぶしさに目をそらしてしまいたくなる笑顔だった。それは、私のような闇に生きてきた人間の習性なのだろうか。

エニュオーはというと、そんな小花《こはな》を前にフリーズしていた。自分へ向けられたあまりにまっすぐな好意に、ただ戸惑っているようだ。

「えー？　別に……あんなん、ただの気まぐれだし。なにも、お礼を言われるようなことじゃないっての」

「ううん。気まぐれでも、猫ちゃんを助けてくれたやさしさには変わりないよお」

クールにかわそうとするエニュオーだったが、小花の勢いは止まらない。うれしさを隠そうともしない花のような笑顔を前に、エニュオーは降伏したというような苦笑を浮かべた。

「アンナちんの友達？」

「あっはい。松風《まつかぜ》小花っていいます」

「オーケー、小花っちね——でもあたしは、傘をあげるだけで終わりだったわけじゃん？それじゃ助けたとは言えないんじゃね？」

「でも、あの傘がなかったら……」

「正直めちゃ汚くて死にそうな猫だったし、病院連れてくなんてめんどいなって思ったし。でも完全にスルーして、後で自分のテンション下がるのも嫌だからやっただけ——要するにまあ、そんな自己満足の『やさしさ』じゃん？　小花っちみたいなガチのやつとは全然、意味が違うし。だからやっぱ、猫を助けたのはあたしじゃなくて小花っちなんだって」

「うーん、でも……」

「いいから、この話はここで終わり！ それよりもっと楽しい話しよ？ ハーゲンダッツのフレーバーはなにが好き？」

自分から小花の手を、ぎゅっと両手で握り返すエニュオー。今度は小花が、照れたように頬《ほお》を赤らめる。

笑顔で言葉を交わすふたりのやり取りを見ていると、ふと胸に違和感が生じるのを覚えた。不快や痛みと呼べるほど明確ではなく、じわじわと息苦しくなってくる曖昧《あいまい》な不安。焦《あせ》りというのが一番近いかもしれない。

過去の自分と同じ闇の世界からやってきたエニュオーが、今の私が生きる日常の住人である小花と目の前で親しくしている。

そのことに対する防衛本能だと、私は解釈した。

「エニュオー。そちらが会いにきたのは私のはずだ」

じっとしていられなくなり、私はついにふたりの間に介入した。

エニュオーがこちらを振り返ると、なにかを察したかのようにニヤリと笑う。その笑みに、なぜだか胸を刺されたような気がした。

「ん、だねー。じゃ、せっかく雨も上がったことだし屋上にでもいかね？」

「……受諾した」

「じゃあまたね～、小花っち」

エニュオーは小花《こはな》にウインクを飛ばすと、背を向け階段を昇りはじめた。

私も彼女に続き——一度だけ後ろを振り向いた。こちらを仰ぐ小花の不思議そうな顔を見ると、さっきの違和感がじわりと蘇《よみがえ》ってくる。

「すまないが、ちょっとした昔のことであのエニュオーと話がある。そう長くはかからないと思うが、先に帰ってくれても構わない」

「アーニャのお知りあいなんだ。うん、じゃあここで待ってるねえ」

屈託《くったく》なく手を振る小花にうなずいてから、私は先をゆくエニュオーの背中に視線を戻す。

ゴツゴツとブーツの音が響くなか、私たちは屋上に通じる扉を開けた。

雨上がりの湿気をはらんだ生温かい風が吹きこんでくる。エニュオーと私は順番に扉をくぐり、水たまりがあちこちにできた屋上へ出た。

雲が多く散らばる青空の下、あらためて来訪者と対峙《たいじ》する。

エニュオーは強い午後の風に赤髪をたなびかせ、どこか面白がるような顔つきで私を見つめていた。

「単刀直入に訊《き》く。そちらの所属と、私に接近した目的を言え」

前置きは不要と判断し、正面から切りこむ。声は自然と、ごまかしや虚偽を許さぬ鋭さを帯びていた。

「所属は、合衆国《アメリカ》ＣＩＡのいわゆる準軍事部門《パラミリ》。作戦目的は、アンナちゃんの勧誘《スカウト》だよ」

「……勧誘、だと？」

まさか諜報《ちょうほう》機関の最大手が出てくるとは面食らったが、続く言葉はさらに不可解だった。

「そ。ぶっちゃけ訊くけどー、あたしたちのチーム《グライアイ》に入って一緒に働く気ない？　お財布は太いし、安全保障《ケツモチ》も頼りになるよ？　ヤバい組織から逃げてるんしょ？」

エニュオーは、緊張感のないくだけた口調で用件を切り出した。自然体でリラックスしており、私を騙《だま》そうという悪意めいたものは一切感じない。

だが、私の答えは決まっていた。

「断る。もう二度と、闇の世界に戻る気はない」

人として失った感情《もの》を取り戻すため、猫とともに日常《ここ》で生きていく――

ユキから託されたその願いは、もはや自分自身で定めた人生の一大使命《ミッション》となっていた。

血と殺戮《さつりく》の日々は、私にとってもう過去のものだ。人が生きるということが未来へ向かうことと同義であるのなら、私の人生《みらい》に過去《それ》は必要ない。

「そっかー。ん、なんとなくそう言うと思ったし！」

エニュオーの唇が楽しげに笑みの弧を描いた。グリーンの大きな瞳は、どこかいたずらっぽさを感じさせる光で私を見つめている。

「でもねー。それ決めるのは、実はアンナちんじゃないんだー。ペム姉が決めることなんよね」

「勝手なことを……ならば、そのペムプレードーを連れてこい。直接白黒をつけてやる」

「あー。ペム姉は今ちょっと、ロ……悪い病気が発動しちゃってクールダウン中。あたしがいちおう代理できたんだけど、交渉《ネゴ》は苦手でさー。コードネームのとおり、専門は実力行使のほうなんだよねー」

先ほどからこちらを試すようなエニュオーの態度に、神経が苛立《いらだ》ってくるのを感じた。

「代理ならば、貴様が相手でも構わないわけだな。下に小花《こはな》を待たせている——さっさと片をつけてやるから、仕掛けてくるがいい」

「へー、意外。思ったよりも好戦的なんだー」

私の放った挑発に対し、だがエニュオーの反応は変わらない。

「それとも、あたしにやきもち焼いちゃったから？」

次いでエニュオーから放たれた言葉は、私にとってあまりにも意外きわまりないものだった。意識が空白にすとんと落ちる。私を攪乱《かくらん》するブラフであったなら、効果はてきめんだったと言えるだろう。

しかしエニュオーに動く気配はなく、ただ面白そうに私を見つめているだけだった。

「……なにを言っている？」

「さっきさー。小花っちとあたしがいい感じだったのを見てて、独占欲を刺激されてたっしょ？　あたし、人の視線に敏感だからビンビン感じちゃったし。かわいいし、めちゃ性格良さそうな子だもんねー。あの子」

戸惑う私に、エニュオーはまたも鋭い直球じみた言葉を投げこんでくる。

戯言《ざれごと》にしか聞こえないその発言は……だが、私の心臓を瞬時に凍らせていた。

理屈ではなく感情が、相手の言葉に反応してしまっている。

「……やきもち？　独占欲……だと？　この私、が？」

「あ、無自覚だった？　ふーん、アンナちんもめっちゃピュアでいい子じゃん。あたし、小花っちもアンナちんも、どっちも好きだなー」

けらけらと笑うエニュオーをよそに、私は自分自身の内面を見せつけられていた。

思い出すのは、ほんの数分前の階下でのこと。

笑顔でエニュオーと親しく話す小花を見ているうちに、この胸にじわりと広がったインクの染みのように黒い感情があった。

小花が楽しそうであればあるほど、その感情は大きく育っていったような気がする。エニュオーが小花の手を握った瞬間には、息もできないほどの苦しさを覚えてしまった。

私はそれを本能が発した、純粋に小花の身にせまる危険への警告だと思っていたのだが……まさかそれは、小花とこの女の距離が縮まることへのただのやきもちだったというのか？

「でたらめを言うな。私は、そんな感情を覚えたことは一度もない」

――口走った瞬間、その言葉が自分へ向けられた銃弾に変わった。

心臓を射抜かれたかのような衝撃に打たれ、私は呆然《ぼうぜん》となる。

かつての私には『嫉妬《しっと》』や『独占欲』という感情そのものが存在しなかった。長きにわたるマインドコントロールによって、それをふくむあらゆる感情から遮断されていたのだから。

だからこそ、芽生えたばかりのこの感情が何であるのかを知らなくて当然ではないか――と。

「あっそう？　じゃー……たとえば、あたしが小花《こはな》っちをデートに誘ってもオッケーな感じ？」

「なっ――」

場違いにもほどがあるエニュオーの返しに、私は思わず絶句する。

「あ、いま嫌だって顔したし。今日会ったばかりのあたしに、小花っちをとられるのが嫌って思ったっしょ？」

反論しようとして、なにも言葉が出てこなかった。

感情が奴の指摘を認めているということなのか？　頭の中が混乱して、自分自身の心さえわからなくなる。

「……黙れ。そちらの軍門に下る気はないと、私の意思ならもう伝えたはず。話は終わりだ」

「そだねー。たしかにその話ならもう終わってるけど、あの子をどっちがとるのかって話はまだ残ってるんじゃね？」

楽しげな笑みを浮かべながら、エニュオーが無造作に歩を詰めてきた。

「アンナちんが言うとおり、あんまり小花っちを待たせちゃうのもアレだし。手っとり早い勝負で決めない？　勝ったほうが、あの子をデートに誘う権利をゲットってことで」

勝負という言葉に、本能が敏感に反応する。

やがてエニュオーが足を止めた。すぐ眼前、数十センチの距離に彼女の顔がある。バニラエッセンスの甘い香りに胸が騒いだ。

「馬鹿げた冗談だ」

「ふーん、アンナちんは冗談なんだー。じゃー、あたしのほうが小花っちにマジってことだね」

くだらない挑発とわかっていても、理性で制御できない部分で私は乗ってしまっていた。エニュオーの視線を正面から受け止める。

「いいだろう、片をつけてやる。私が勝てばこれ以上、私にも小花にも近づくな」

「オッケー、そうこなくっちゃ！　じゃー、こういうゲームはどう？」

エニュオーが開いた左手を差し出してきた。

「たがいに触れるか触れないかの状態でレディ。握手した瞬間にゴーでスタート。あいてるほうの手で、相手の身体《からだ》へ先にタッチしたほうの勝ちね」

反射神経を競うゲーム、というところか。ルールは単純だが、勝敗は明確につくだろう。

「わかった」

私も開いた左手を伸ばし、エニュオーの掌《てのひら》と数センチ離した空中で固定した。

「レディ――」

私は呼吸を整え、背中から肩にかけての筋肉をリラックスさせる。視線はエニュオーの全身をくまなく捉え、いかなる予備動作の兆候をも見逃さない。

互いの手と手が触れあった。どちらからともなく、力をこめてそれを握る。

「GO!」

――ぺちん。

左頬《ひだりほお》を軽くたたく感触を覚えたときには、勝負はもう終わっていた。

「……な」

ふたりの左手はしっかりと握りあっている。つまりゲームは公正にスタートし、私が先制を奪われたという単純な事実。

緑の瞳のエニュオーが、すぐ目の前で笑いながら右掌《みぎてのひら》をひらひらとかざす。

「あらー。油断しちった？」

こちらが初動に移るよりも前に、エニュオーの右手が先んじて私の顔に触れたのだ。

遅れて、どっと噴き出した冷たい汗が背中を濡《ぬ》らす。

「どうやら、そのようだ……もう一度、今度は逆の手でやろう」

「オッケー」

今度は右手同士を伸ばしあい、やはり数センチ離して待機する。

「レディ――」

私の全神経は極限の集中力を発揮。エニュオーの小麦色の皮膚《ひふ》を透かして、その下の筋肉が起こすあらゆる動きを見定める。

「GO！」

右手と右手で握りあう。

時間の流れが光の乱舞とともに加速し、すぐに凍りついたように静止する。

極限に高まる集中力の中で引きのばされた、スローモーションにも似た体感時間の中……

（そんな――）

すでに自分の首筋近くまで迫ったエニュオーの左手に、私は絶望を見た。

実時間にしてコンマ数秒にも満たない、おそるべきその早業《はやわざ》の始動。視神経が脳を経由するより速い脊髄《せきずい》反射の世界で、私は二度までもエニュオーに遅れをとったのだ。油断など決していないにもかかわらず。

（この速さ……野獣《けだもの》か、こいつ……ッ）

眼前でぎらぎらと輝く、エニュオーのグリーンの瞳。戦闘モードに入ったその瞳孔《どうこう》は、真夜中に出会うネコ科動物のごとく散大している。

私の反射神経は何年もの苛酷《かこく》な訓練によって培《つちか》われたものであり、その速さには自分自身でも信頼を置いていた。

だが眼前の女の高速――いや獣速は、そんな私が勝負にすら持ちこめないレベルへ達している。人間が修練によって至れる限界さえ超えた、生まれながらにしての怪物だ。

敗北する——そう思った瞬間、肉体が意識を離れて躍動した。

ぎゅっと握りあった右手をひねり、相手の手首関節を破壊すべく極《き》めにかかる。エニュオーがそれに反応し、身体《からだ》をひねってリストロックから離脱せんと回転した。その動く方向へと、私は後ろ向きに右脚を飛ばす。

ばしん——と、肉を打つ衝撃音とともに、時間が再び動き出した。

右脚で放ったカウンターの後ろ蹴《げ》りは、エニュオーの顔の横で静止している。学校指定の上履き靴とエニュオーの側頭部の間には、外側へ向けられた彼女自身の掌《てのひら》があった。

一瞬にして手元へ引き戻された左手の、完璧なガードへの変化である。

「いったー。足使うのはナシっしょ、アンナちん」

赤くなった掌を痛そうに振りながら、エニュオーが唇をとがらせ抗議を示す。

「すまない……私の負けだ」

もはや結果は明白。しかも、ルールを超えて苦しまぎれの逆襲までしてしまった。戦士としては恥の上塗りだ。

「オッケー。じゃーあたしは勝者の権利として、アンナちんに小花《こはな》っちをデートに誘うことを命じる！」

嚙《か》みしめた敗北の苦渋は、しかしあっという間に頭から消し飛ばされてしまった。

満面の笑みを浮かべたエニュオーが、おもむろに私を指さすとそんなことを言い放ったのだから。

「……なっ。どういうことだ？」

「最後のアレ、小花っちのために負けたくない一心で出たやつっしょ？　そーいうガチな気持ちなら、あたし応援したいしー」

エニュオーはひたすら上機嫌そうだが、私はひたすら混乱していた。

あの瞬間なぜ身体が動いたのか、理由は自分自身ですらわからないのだから。

「いや、別に私はそういうつもりでは――あうっ！」

ばしーん、と両肩が力まかせに叩《たた》かれた。予期せぬ衝撃に心臓が跳ねる。

あっけにとられていると、私の肩に手を置いたエニュオーがきれいな顔を近づけてきた。バニラの甘い香りが濃密に漂い、私は思わず息を呑《の》む。

「女ならウダウダ言わない！　自分の気持ちに素直になれし！」

「……っ」

まるで親友を励ますかのような態度は、およそCIAの戦闘要員にはとても見えない。さっきの野獣めいた眼光は欠片《かけら》も見えず、グリーンの瞳はきらきらと無邪気さすら感じさせた。

「今はアンナちんが、あの子の一番の仲良しさんかもしれないけどー……油断してると、小花っち、別の誰かのことが一番になったりしちゃうかもよー？」

そして。耳元でささやかれたエニュオーの言葉に、爆弾を投げこまれたかのような衝撃を受ける。さっき自覚したばかりのほの暗い感情が、胸を息苦しさで詰まらせていくのを感じた。

「じゃー、約束したかんね！　小花《こはな》っちによろしくー」

エニュオーは手を振ると、屋上の塔屋とは逆方向のフェンス際へと走っていく。

そしてジャンプ一番、金網の上端に手をかける。まさかと思った次の瞬間、そのままフェンスを乗りこえ虚空《こくう》に身を躍らせたのだった。

校庭まで、高さおよそ二〇メートル。飛び降り自殺としか思えぬ行動だったが、その瞬間ローター音の響きとともに大型のドローンが飛来。彼女は空中姿勢でそれに飛びついていた。

そして、機体からぶら下げられたハーネスに自らの体重を固定する。

遠隔操縦と思《おぼ》しき無人飛行機は、ＵＦＯじみた変則的な機動を見せながら彼方《かなた》へ飛び去っていった。どうやら、エニュオーの行動をフォローしていた別の仲間がいたらしい。

「……なんて一方的な女なんだ」

エニュオーが残した嵐のような余韻《よいん》に、私はただ閉口するよりほかなかった。


小花はさっきの言葉どおり、昇降口で私を待ってくれていた。一緒に降りてこなかったエニュオーがどうしたのか不思議そうだったが、なんとか誤魔化《ごまか》して説明する。

雨上がりの河川敷の通学路を、小花と並んで駅へと向かった。

いつもどおりの帰り道なのだが、今日は少しばかり事情が異なっている。どうしても隣を歩く小花の存在を意識してしまった。

（デートに誘えと言われても……）

当然ながら、私は友人とふたりで遊びにいくなどという経験をしたことがない。いつぞやのパフェの作り方と同じだ。いきなり知らないことをやれと言われても、困惑するしかなかった。エニュオーの挑発に乗せられるような悔しさはある。けれど同時に、彼女が去り際に残した爆弾《ささやき》が、私の背中を押すのだった。

（遊びにいく……そもそも、どこへ？　何をしに？）

そう原点に戻って考えたとき。天啓《てんけい》のように浮かんできたのは、いつかの旭姫《あさひ》との会話だった。ずっと先延ばしになっていた、東京へ一緒に遊びにいくという約束のことを。

「小花。東京へいったことはあるか？」

「えっ？　ううん、ないよお。なんか怖いイメージあるし、地元とは別の世界って感じかなあ」

私は深呼吸をし、気持ちを落ち着かせる。そして覚悟を固めた。

「今度の土曜日……一緒に遊びにいってみないか」

前を向いたまま、思いきって口に出す。横顔に感じる小花《こはな》の視線に、整えたはずの心拍が急激に速まっていくのを感じた。

「東京へ？　アーニャと？」

「あ……もちろん、ふたりきりというわけじゃない。旭姫《あさひ》も一緒だ」

つのる焦《あせ》りのあまり、なぜか言い訳めいた口調になってしまう。私の中で、平常心というものが行方不明になっていた。

「うん、いいよお。楽しそう！」

不安になる私をよそに、小花から返ってきたものは笑顔と明るい返事だった。

ほっと胸をなでおろす。さっきのエニュオーとの対決の中でさえ感じなかった緊張から、私はようやく解放されようとしていた。

「アーニャ、どこか行きたい場所とかあるの？」

「ああ、いや……特にないのだが。旭姫が、前から東京にいきたいと言っていたのを思い出したんだ」

つい、旭姫の名前を都合よく使ってしまう。我ながら何かを誤魔化《ごまか》している気分だった。

「ふーん……そうだなあ。東京かあ……」

雨に濡《ぬ》れた道の上を歩きながら、小花がなにかを思い出すようにつぶやきをもらす。

「そういやこないだ、テレビでグルメ特集みたいなの観てて。原宿《はらじゅく》にあるクレープ屋さん、かわいくておいしそうだったなあ」

「クレープか……ふむ、なるほど」

私は頭の中のメモ帳に『クレープ』と書きつけながら、まだ見ぬ東京の景色を想像した。

「あっ」

そのとき、弾むような声とともに隣を歩く足音が止まった。

小花の視線の行方は、雨あがりの空へと向いている。

「ほら、アーニャ。見て見て」

そして無邪気に笑い、人さし指を暮れなずむ南天へと向ける。

それを追って顔を上げた私の視界に、七色七重の半円を描く光の架け橋が見えた。

「きれいだねえ」

うれしそうな小花の言葉のとおり、それは幻のように美しく雄大で——そして、自分からは遠いものであるように思えた。

今の私にとって空の虹よりも身近なものは、隣に立つ小花の存在だった。

彼女のことを考えると、胸が妙に苦しくなってくる。そしてどうしようもなく思い知る、他者のことで心が揺れ動くちっぽけな自分自身の頼りなさ。

エニュオーの出現によって自覚させられた、このほの暗く行き場のない感情……できればずっと、知らないままでいたかった。けれど私は、もうそれを知ってしまったのだ。

雨あがりの虹が見下ろす、夕暮れの帰り道。

並んで歩く私と小花《こはな》の蒼《あお》い影ぼうしが、水たまりの上でゆらゆらと揺れていた。

午後九時。雲間からまばらに星がのぞく夜空は、のっぺりとした艶消《つやけ》しの黒。

広い河川敷。頭上で車の通行音が響く鉄橋の下に、草を踏み鳴らす靴音が近づいてきた。

やってきたのは、黒いフードパーカーをかぶった長身の少女である。

ヘヴィメタルバンドのロゴが入った凶悪なデザインのTシャツに、デニムのホットパンツと素足にはいたスニーカー。右耳に光る多数のピアスが、常夜灯にぎらつきを放っていた。

蛍光グリーンとピンクのメッシュを入れた前髪の下から、鋭い視線が前方に向けられた。

「テメエか。こんなクソ田舎までオレを呼びたてやがったのは」

少女――殺し屋である黒蜂《ヘイフォン》の前には、鉄橋の真下で待っていたもう一人の少女の姿がある。

こちらも同じ黒髪と黒ずくめの服だが、その雰囲気は大きく異なっていた。

十字架をモチーフとしてあしらった、上品かつ退廃的なゴシック・ファッション。どこか喪服を思わせるような、ロングスカートのワンピースを着こなしている。ショートボブに切りそろえた黒髪とともに、左目を隠す眼帯《アイパッチ》が印象的だった。

「はい、いかにもそうでございます。私のことはペルシスとお呼びください。我々ＣＩＡパラミリの独立チーム《グライアイ》に黒蜂様をお招きするために、ご足労いただきました」

ペルシスは慇懃《いんぎん》に口上を述べると、軽やかに一礼をした。それを前に、黒蜂は不快そうに唾《つば》を吐き捨てる。

「テメエらの思惑なんざ知ったことじゃねえ。オレがきた理由はひとつ、テメエらがあの忌々しい白髪《しらが》メイドの居所を知っているからってだけの話だぜ」

黒蜂が受け取った《グライアイ》からのメッセージ。その内容には彼女の正確なプロフィールと、直近の情報――東京における雇い主の死と、その暗殺に加担したロシア人少女と黒蜂が闘った事実が記されていた。

そしてまた、その双方との専属契約を締結したいという《グライアイ》側の意向も。くだんのロシア人少女が居住するというこの街が邂逅《かいこう》地点に指定されたのも、そのためだ。

「もちろん、あなた様とアンナ・グラツカヤ様をお引き合わせするのはやぶさかではございません。しかし、私どもとしてはどちら様も今後共闘していくチームメイトとしてお迎えしたい所存。過去の遺恨から勝手に殺し合いをしてもらっても困りますので。まずは、順序を踏んで意思確認をお願いしているのでございます」

「勘違いするんじゃねえぞ。オレが復讐《ふくしゅう》を望んでいるのはアイツじゃねえ。あのとき、奴と組んでいたもう一人の殺し屋のほうだ」

黒蜂《ヘイフォン》の目つきが殺意を増す。そして、内なる悔恨を噛《か》みしめるように深呼吸をひとつした。

「オレのボスを殺した、そいつに落とし前をつけてやる。そのために、わざわざテメエらのくだらねえ誘いにも乗ってやったんだ。さっさとあのクソメイドの居所を教えやがれ、眼帯ブス」

黒蜂がまくしたてると、それを無表情で聞いていたペルシスが深いため息をつく。

「ハァァ……ほんっとーに、今回の私は貧乏クジを引かされたものですの。ハズレの負け犬担当を回された時点でモチベーションがだだ下がりですが、その上そいつが犬畜生《いぬちくしょう》にも劣る品性クソカス女とは――」

口調こそ丁寧《ていねい》さを残しているが、その声音はガラリと変わっていた。不快感と相手への蔑《さげす》みを隠しもせずに吐き捨てる。

黒蜂の額に青筋が走る。しかし、奥歯を軋《きし》らせつつも怒りを噛み殺した。求める情報を相手から引き出すまでは、慎重に行動すると決めている。

香港《ホンコン》の女マフィアであるマージョリー・ウォンは黒蜂のボスであるというだけでなく、殺伐《さつばつ》とした日々の中で心をあずけた年上の恋人でもあった。

だが、彼女は死んだ。個人的な闘争に没頭した自分のミスで、護衛を離れていた隙《すき》に暗殺されてしまったのだ。その後悔は、数か月たった今も黒蜂の胸中をさいなんでいる。

だからこそ。恋人を手にかけたもう一人の殺し屋に復讐《ふくしゅう》を果たすまでは、どんな屈辱《くつじょく》にも耐えぬいてみせる――黒蜂はそう己に戒めていた。

「いいですか、性根ゴミカスの負け犬ビッチ？　合衆国《アンクルサム》をバックにつけた私たちに目をつけられた時点で、そのへんの殺し屋風情《ふぜい》のてめーに選択肢も交渉の権利も最初からねーんですよ。分相応に喜んで、私と姉様がたの靴をなめやがれダボが――」

罵倒を吐き出すペルシスの右頰《みぎほお》を、風をえぐり抜いて拳《こぶし》がかすめていった。

一秒前まで、顔面のど真ん中が位置していた空間である。紙一重のヘッドスリップでかわしたペルシスの皮膚《ひふ》から、摩擦熱《まさつねつ》でかすかに煙が立ちのぼった。

「ちッ……肝心のネタを聞き出すまでは、おとなしく我慢しようと思ってたのによォ。ま、やっちまったもんはしょうがねえか～」

両者の間に存在した距離はおよそ五メートル。だがその空間は、黒蜂のただの一蹴《ひとけ》りで消し飛ばされていた。尋常ではない踏みこみの深さと瞬発力である。

飛びこみざまの一撃を振り抜いた黒蜂は、そのままの勢いを利して竜巻のごとくターン。とっさのサイドステップで距離をとったペルシスにすばやく向き直る。

「やれやれですの。短気で無思慮、そのうえ彼我《ひが》の戦力解析もできないほどの低能とは……これでは、とても使いものにならねーレベルの駄犬ですわね」

腰を落とし追撃の態勢に入った黒蜂を前に、ペルシスは一切の動揺を見せず冷ややかにうそぶく。蒼白《あおじろ》く血色の悪い顔に、鮫《さめ》を思わせる凶悪な笑みが浮かんだ。

「とはいえ、私としては願ったり叶《かな》ったりの流れです。てめーごとき二流を勧誘《スカウト》なんて、もともとジョークでしかねーと思ってましたからね。交渉失敗の結果、廃棄処分したとしても、姉様たちもお許しくださりますわよねェ――」

「ほざきくされッ！」

足下を激しく蹴《け》りつけ、黒蜂《ヘイフォン》が再び飛び出した。前傾姿勢で頭から突っこんでいくその勢いは、まさに発射された弾丸を彷彿《ほうふつ》させる。

「やれやれ、芸がないにも程があるってもんじゃねーです？」

いかにスピードに自信があるにしろ、愚直にすぎる真正面からの突撃であった。ましてや先に、不意打ちで放った一発すら余裕でかわされているのだ。ペルシスが侮ったのも無理はないと言えるだろう。

だが間合いに入ろうかというその刹那《せつな》。黒蜂の身体《からだ》は、稲妻のような鋭角の軌道に変じて真横へ跳んだ。それもペルシスの眼帯に覆われた死角となる、左方向へである。

「ッ――！」

いかにも自信過剰な言動と力まかせの粗暴さを事前に印象づけたのは、この一瞬のための布石だった。切り札は、使う瞬間まで隠し抜いてこそ最大の効力を発揮する。

同時に距離は、黒蜂の拳《こぶし》の射程に突入。

伸び上がるような勢いで振り回された左拳は遠心力をはらみ、大振りでありながらも信じがたいまでのスピードが乗っている。自らの肩関節が外れかねぬほどの思いきりの良さは、黒蜂が持つ無二の武器でもあった。

素早いサイドステップからの剛腕フックは、左側に意識を奪われたペルシスの右脇腹をロックオン。狙った命中箇所へと、外角からあやまたずに突き刺さった。

骨と骨の激突する鈍い音が響く。が、それは間一髪ガードに間に合ったペルシスの右肘《みぎひじ》が発した軋《きし》みだった。

「このメスゴリラが……ッ」

肋骨《ろっこつ》や肝臓《レバー》への直撃は防いだものの、想定以上の衝撃にペルシスの顔がゆがむ。強打により体軸が揺らされ、力ずくで重心が崩された。

「――捉えたぜ」

敵の肉に牙《きば》を突きたて、喰《く》らいついた確信の感覚。獣としての本能に覚醒《かくせい》した黒蜂の眼差《まなざ》しが澄みわたり、すうと細まる。

「ッシャオラアァァアァッ!!」

そして始まる、竜巻《トルネード》のごとくすべてを圧する無呼吸連打。

こうなれば、あとは嵐に巻きこまれた小舟の運命を相手はたどるしかない。

通常、ガードを固めた相手への闇雲なラッシュは自分が消耗するだけだ。しかし破格のスタミナと体幹の強さを持つ黒蜂にとっては、その限りではない。

ガードの上からでも委細《いさい》構わず、相手が潰《つぶ》れるまで殴り続けるという単純すぎる力攻め。暴の力そのものを体現したかのような黒蜂《ヘイフォン》の必殺パターンは、ペルシスを確実に捕捉《ほそく》していた。

はめこまれたこの形からの脱出となれば、おおむね選ぶべきは剛と柔の二択となってくるだろう。より強いパワーで跳ね返すか、力の流れを見極め技巧で切り返すか。

果たして眼帯のエージェントが選んだ手段は――そのどちらでもなく。

黒蜂とペルシスの間で、いきなり閃光《せんこう》と衝撃波が発生した。

すなわち爆発という現象が。

爆《は》ぜたのは、ペルシスの前腕部であった。いや、服の下に仕込まれていた小型爆薬である。それはペルシスの身体《からだ》各所に仕込まれており、彼女はそれを任意のタイミングで起爆させることができるのだ。

爆薬の量はそれぞれ豆粒ほどのサイズであり、多大なダメージを相手に与えることはできない。だが、このような場合の緊急回避としては十分な有効手段として機能する。

「ち――こざかしい手品をッ」

突如《とつじょ》起こった小爆風と閃光で視界をくらまされつつ、黒蜂はなおバックステップで離脱したペルシスを追撃する。前に出る者と後退する者とでは、前者のスピードが勝るのが必定だ。

「――だから駄犬というんですのよ」

だがそこへ、悪意とともに罠は仕掛けられていた。

後方へ身を投げるように片手をつきながら、斜め下から放たれた蹴《け》り上げが黒蜂のボディに突き刺さる。日本武道の一つである躰道《たいどう》、あるいは南米ブラジルの舞踏格闘技カポエイラにも見られる変則の足技。

だがカウンターという罠が待つであろうことは、黒蜂も事前に予測していた。そして、その上で逆に勢いをつけ加速する。罠を恐れず噛《か》み破ることこそ、獣の強さと言わんばかりに。

実際その加速によって、カウンターのタイミングが一拍ずれ蹴りの威力が半減する効果があった。加えて、黒蜂には鍛えこまれた肉体の頑強さというアドバンテージがある。

たとえノーガードで喰《く》らおうとも、そのまま勢いで押しつぶせる自信があった。あとは組み伏せ、鉄拳の雨を降らせて仕留めるだけだ。

そう確信した瞬間。

「がッ……!?」

身体を貫いた予期せぬ激痛に、黒蜂は硬直していた。

それは数か月前、アンナ・グラツカヤと闘ったおりに負傷した肋骨《ろっこつ》の古傷である。まだ完治せぬその箇所を、ペルシスの蹴りは運命のごとき偶然により射抜いていたのだ。

治りかけの負傷箇所には、新たな一撃により再び亀裂《きれつ》が刻まれていた。たまらず膝《ひざ》をついた黒蜂の顔面に、追撃の蹴りが炸裂《さくれつ》する。

鼻血を噴いてダウンしたその身体の上に、ぬるりとペルシスが馬乗りになった。アバラの激痛を嚙《か》み殺し、黒蜂《ヘイフォン》がそれを突き飛ばして跳ね起きようとする。

その右腕をペルシスがキャッチすると、両脚で肘《ひじ》をはさみこみながら後方へ倒れこんだ。ペルシスの背中が地に着くと同時に、黒蜂の肘関節が異音を発する。

「ぐぎゃあああァァァッ!?」

腕ひしぎ十字固めで右腕を破壊された黒蜂が、絶叫しながら悶絶《もんぜつ》した。

「さて、まずは腕一本いただきました。次はどうしてほしいです?」

嗜虐《しぎゃくてき》的な笑みを浮かべ、ペルシスが欲情したかのように赤い舌で唇をなめる。

「クソが……ッ」

下からにらみつける黒蜂の顔面に、無慈悲な肘打ちが叩《たた》きこまれる。そして右手の指がつかまれるや、二本まとめてへし折られていた。

絶叫をあげ身をよじる黒蜂を見下ろしていたペルシスが、満足したようにため息をつく。

「ま、動物虐待の趣味はねーですので。そろそろ楽にしてさしあげましょうかね、駄犬」

そして服の下から抜き出したものは、夜に冷たく光るボウイナイフであった。

刃渡り三〇センチほどのその刃を、だが次の瞬間ペルシスは手放していた。刀身を襲った突然の衝撃によって、手の中から弾《はじ》き飛ばされたのである。

「――ッ!?」

ペルシスは闇の奥を振り返ると、すばやく獣のように身を伏せた。

銃撃ではない。何者かが、河川敷の斜面上から小石を投擲《とうてき》してきたのだ。目をこらすが姿は見えない。まばらな常夜灯の死角となる場所の闇は深く、そのどこかに身を潜めているようだ。

無音で襲いくる投石は、暗闇の中では回避が難しい。それも心得のある者らしく、当たればただではすまない威力が乗っていた。なにより相手からだけこちらが見える状況は、圧倒的に不利だと言える。

続く第二弾をかわせたのは僥倖《ぎょうこう》だった。ペルシスは草地を転がりつつ、投石に背を向け鉄橋の下まで迷わず駆け戻った。遮蔽物《しゃへいぶつ》に背をあずけ、斜面の上に声を投げる。

「……どこの誰だかは知らねーですが、関わったことを必ず後悔しますわよ」

当然ながら返事はない。鉄橋の下から出て、黒蜂の倒れた場所まで戻ればまた投石が襲ってくるだろう。ペルシスは無益な交戦を選択せず、鉄橋の下を抜け逆側へと撤退していった。

あの駄犬——黒蜂が、敬愛する『姉』ペムブレードーの寵愛《ちょうあい》を受ける光景。それを想像しただけで、ペルシスのはらわたは嫉妬《しっと》のあまり煮えくり返った。ゆえに、交渉失敗というこの結果は彼女にとって望むべきものだ。

自分が黒蜂にあげさせた、豚のようにぶざまな悲鳴を思い出す。嗜虐《しぎゃく》の愉悦に頬《ほお》をゆるませながら、ペルシスは夜の彼方《かなた》へと消えていった。

かくて、魔女たちは動きだす——日常に嵐を呼びこみ、人々の運命を変えるために。

Intermission.2

私こと久里子明良《くりすあきら》の美点であり欠点は、殺し屋という職業の割に好奇心がやや旺盛《おうせい》すぎると

いうところだろう。

それは優れた観察眼として有利に働くこともあれば、不要な災厄を呼びこんでしまうリスクに転がることもある。けれど、今夜の場合は仕方ないとは言えるかもしれない。

ドラッグストア勤務からの帰り道。私がいつも通る河川敷上の突堤《とってい》から見えたものは、女の子同士のケンカだったのだから。それも、タイプは違うがどちらも美形ときている。

思わぬ見ものに、私は正直興奮していた。キャットファイトを特等席で観戦するため、河川敷の斜面を降りていく。なんならお互いの服が破れたり脱げたりして、ちょっとしたお色気シーンも見られるかもしれない。

だが、私のいだいたエッチな期待はほんの数秒で終わっていた。そこで繰り広げられている闘いは、明らかに素人《アマチュア》のそれではなかったからだ。

両者が演じる攻防は、一手一手が研ぎ澄まされたプロフェッショナルの域にあるもの。私は初めて、これ以上は関わらず立ち去るべきなのではという判断を脳裏に描いた。

だが、結果としてそうはしなかった。単純に、ふたりの死闘に引きこまれたからだ。

戦況は互角。いや、実力なら眼帯をした白人のゴス少女のほうが二枚ほどは格上に思えた。

だがそれを、黒パーカーをかぶったアジア系の少女が気迫と闘争心で五分に押し上げている。私は自然と、パーカーの少女が見せるガッツあるファイトに肩入れして観戦していた。

しかし、局面は眼帯少女の放った一撃で大きく動く。突進したパーカー少女のボディに、カウンターの変則蹴《げ》りが命中。それまで痛みや怯《ひる》みを一切見せなかった彼女が、急に弱々しくなり失速したのだった。

あとは一方的だった。腕をへし折られた彼女に眼帯の少女が馬乗りになり、とどめにナイフを取り出す。

明確な殺意を感じた瞬間、身体《からだ》が勝手に動いていた。足もとに転がる小石を拾い上げると、スローイングナイフの要領ですばやく投げつける。暗闇を飛んだ小石は命中し、少女の手にした得物を弾《はじ》き飛ばした。

眼帯の少女は迷わず逃走に入り、乱入者である私に警告を残して撤退した。

間違いなく、訓練を積んだ兵士や破壊工作員《エージェント》の判断だ。私は斜面を降りると、倒れたまま動けないパーカーの少女へ駆け寄っていく。

「しっかりして。大丈夫？」

身体に触ると、彼女は腕の痛みに声をもらした。

「よせ……オレに構うんじゃねえッ」

「怪我《けが》した女の子を放っておけるわけないでしょ。……うん、肘《ひじ》は折れていないわ。関節が脱臼《だっきゅう》してるだけ。あとで入れ直してあげる。ちょっと痛いと思うけど、我慢してね」

女の子が、鼻血まみれの顔で私を見上げた。歯を食いしばった形相はとても凶暴そうだったけど、造形自体はきれいだ。

「……何者だ、アンタは？」

「通りすがりのドラッグストア店員よ。あなた家はどこ？　送ってあげるわ」

女の子は私の顔をじっと見つめている。黒い瞳の光はぎらつくように強かったが、私に対する敵意は感じられなかった。

「家なんざ、ねえ……やってきたのは、東京からだ……」

「そう。じゃあ、私の部屋にくる？」

私がそう尋ねると、女の子は戸惑った様子を見せた。だがしばらくして、こくりと無言でうなずく。病院にいきたくない事情があるなら、それが最善と判断したのだろう。どうやら信用はしてもらえたようだ。

「あなた、名前は？」

返事はなかった。女の子はうつむいたまま顔を上げてはこない。どうやら気力が尽きたのか、痛みで気絶したらしかった。

彼女の腋《わき》の下に肩を入れると、筋肉質の身体《からだ》を下から支え立ち上がらせた。失神した人間の身体は重く、部屋に帰りつくまで一苦労が待っていることだろう。

これが好奇心の代償というものか。関わったことを後悔する――眼帯少女が残した警告を思い出す。たしかに、ヤバいにおいはすでにプンプンしていた。

「まあ、しかたないわね」

けれど、かわいい女の子と知り合いになれたのだから良しとしよう。

名前も知らない彼女を肩で支えながら、私は夜の河川敷を後にしたのだった。


帰宅後。

ふと眠りから目を覚ますと、薄暗い部屋の奥で食べものを咀嚼《そしゃく》する湿った音が聴こえてきた。置き時計のデジタル表示は午前五時すぎ。

ベッドから身を起こし、物音のするほうへ向かう。するとダイニングキッチンの冷蔵庫ドアが開いており、にじみ出した庫内灯の光がもれている。

その冷たい白色光が、うずくまった裸の背中を逆光で浮かび上がらせていた。

黒い下着一枚の半裸の女の子が、冷蔵庫の前であぐらをかいている。そして両手でつかんだベーコンの大きな塊肉に歯をたて、一心不乱に喰《く》らいついていた。

「……悪ィな、起こしちまったか。腹が減ってしょうがなくなっちまってよォ」

こちらを振り返った彼女が、脂で汚れた口元を手の甲でふく。

「それはいいんだけど、ビジュアル的に動物園の猛獣とか妖怪みたい……お腹がすいたなら、ちゃんとしたものを用意するわよ」

シュエと名乗ったアジア系の女の子は、私のベッドで眠りについてからわずか数時間で起き上がっていた。肘《ひじ》の脱臼《だっきゅう》に加え、指の骨も数本折れて紫色に腫《は》れている。触診してみて、肋骨《ろっこつ》にヒビが入っているだろうこともわかった。なのに痛みではなく食欲を主張するとは、あきれたタフさだ。

「じゃあ、なにか作ってくれよ」

面倒くさげに立ち上がった彼女の引きしまったヒップを、私はぺちんと叩《たた》いてやった。

「それから、若い女の子がパンイチでうろつかないの。部屋着なら、新品のスウェットを用意してあげたでしょう?」

「あんなクソダセエの着れるかよ。オレは服のセンスにはうるせえんだ」

「こっちが落ち着かないからだめ。目のやり場に困るでしょ」

言ってから、ここは「風邪ひくでしょ」と言うべきところだったと後悔する。

案の定、微妙な空気が流れた。私はそれを無視するように、鍋でパスタをゆではじめる。

「……アンタ、もしかしてビアンか?」

こうなっては、今さら誤魔化《ごまか》してもしょうがない。私はボウルに山盛り積んだニンニクの皮をむきながら、まあねとうなずく。それに、シュエの目つきにも昨夜顔を見たときから通じるものがあった。理屈ではない直感だが、こういうものはだいたい外れない。

「オレは両刀《バイ》だ。アンタの好みじゃないかもしれねえが、拾ってもらった礼は身体《からだ》で払っても構わないんだぜ？」

「そっちだって、誰でもいいってわけじゃないんでしょ。相手の弱みにつけこむような真似《まね》は、趣味じゃないわ」

そう返すと、背中ごしに視線を感じた。振り向くと、シュエがこちらをじっと見つめている。

「そういうことなら、ぶっちゃけアンタはめちゃ好みだ。オレはツラの良い女にめっぽう弱くてな～……あと、十コ近く年上ってところもたまんねえ」

私の腰あたりを見る目つきで、完全にその気になっているのがわかった。食欲のみならず性欲までも満たそうとは、ちょっと欲望に忠実すぎはしないか。

「そう、あなたもかわいいわよ。私、年下じゃないとだめなの」

年上の女については、たぶん一生消えてはくれないだろう個人的な事情《トラウマ》がある。私は再び、キッチンに意識と視線を戻した。

「……なんだよ。じゃあ、お互い話は早えじゃねえか～。メシ食ったら速攻ヤりまくろうぜ」

ペティナイフでスライスしたニンニクと鷹《たか》の爪《つめ》を、オリーブオイルをひたしたフライパンに入れて火をかける。私はもう一度振り向くと、彼女の前に立った。

身長は一七二センチの私と同じぐらいで、すぐ目の前に彼女の顔がある。あちこちに細かい傷痕《きずあと》は見えるけれど、顔のパーツ自体はきれいに整っていた。

ごくりと喉《のど》を鳴らしたシュエの鼻を指でつまむと、ぎゅっと力をこめてひねる。

「いてッ。なにしやがんだ！」

「言いかた。ちょっとはムードってものを考えて。それに、あなた肋骨《ろっこつ》を怪我《けが》してるのよ？」

「オレが上になれば……」

「なにか言った？」

じっと目を見てプレッシャーをかけると、シュエは急に弱気になったように視線をそらした。うん、かわいいぞ。それなりに調教されている雰囲気というか、年上の女と付きあい慣れている感じが伝わってきて私好みだ。

それからロゼワインのボトルを開け、ニンニクと鷹《たか》の爪《つめ》、隠し味に牡蠣《かき》のだし醤油を加えたパスタ・ペペロンチーノを皿に盛る。ワインの供には、ちょうど良い具合に熟成してきた生ハム《プロシュート》を原木から薄く切って別皿に添えた。それらをふたりで食べる。

「……なぁアンタ、拾っておいてオレの事情を訊《き》かないのかよ？　自分で言うのもなんだが、どう見てもヤバさしかねえだろ」

「言いたくなったら話してくれればいいわ。さ、冷めないうちにいただきましょ」

「ふん……アンタもおかしな女だぜ」

シュエは、私の用意した二人前のパスタを軽くたいらげた。酒も強いらしく、ワインのボトルをほとんどひとりで空けてもケロリとしている。

食べ終わった皿をキッチンで水洗いしていると、いきなりバックから抱きつかれる。髪の毛

をつかまれて振り向かされると、強引に唇を奪われた。

彼女の呼吸は荒く、若さと必死さが伝わってきて私の芯が反応してしまう。じっとりと濡《ぬ》れてきた下着の感触に知らんふりをして、シュエを冷たく突きはなした。

「息がニンニクくさい。最低のキスね」

冷ややかな無表情のまま私に言われると、ひるんだ彼女の顔がちょっと泣きそうになる。

思ったとおりの反応に私は満足し、今度は自分から舌を入れてキスしていく。彼女の舌を飾るピアスの感触が、キャンディのようだ。小ぶりだけど形の良い乳房に触れると、シュエの息が熱くなっていくのがわかった。

それからベッドで、午前中いっぱいをかけて彼女と濃厚なセックスをした。

私も二回達したが、シュエのほうはたぶんその倍以上の回数だったと思う。テクニックで年下に負けるわけにはいかない。

「ヤベエな、明良《あきら》……アンタ今まで、どれだけの女を泣かせてきたんだよ」

「なにそれ。若いくせに、昭和のオヤジみたいなこと言うのね」

さすがにタフなこの子も、ぐったりしたまま起きてこられない様子だ。それをよそに、私はさっさと服を着てメイクを整える。

「じゃあ、私は仕事にいくわね。夜九時ぐらいには戻るから、それまでにお腹がすいたら適当に冷蔵庫をあさって。退屈だったらネットもあるし、サブスクで映画も観られるから」

　バッグを持って出かけようとすると、彼女がニタニタ笑いながら手を握ってきた。

「なァ、仕事なんか休んじまえって……怪我人《けがにん》なんだぜ、オレ？　看病してくれよ～」

「ふふ……あれだけさんざん暴れておいて、今さらなに言ってるの。だめよ、甘えっ子さん」

　指と指をからめあっているると、ふいにシュエが身を硬くする気配が伝わってきた。黒い瞳に、それまでとは違う緊張の色が浮かび上がる。

　どうやらいつかのアーニャちゃんと同じように、指にできた独特なタコの感触で察したようだ――私の秘めた裏の顔、つまり殺し屋としての本性を。

「明良……まさか、アンタも？」

「ごめんなさい、隠していたわけじゃないの。私もあなたと同じ裏側の人間《プロフェッショナル》よ。フリーランスの殺し屋……でも昨日やりあっていた相手とのつながりはないから、そこは安心して」

　シュエは、じっと何事かを考えこんでいるようだった。

　視線を手元に落とした瞳に浮かぶ感情の色は、さまざまなものがぐるぐると移り変わっていく。疑惑、葛藤《かっとう》、そしてためらいのようななにか。

「シュエ？」

　無言の間《ま》に不安を感じ、私はつい彼女の名前を呼ぶ。それにつられたように、シュエが視線を上げた。

「いや……なんでもねえ」

「ほんとに？　顔色が悪いわよ。なんだか汗かいてるし」

　私の指摘に、シュエはようやく気づいたというように手の甲で額をぬぐう。そして唇を歪めて笑みを見せた。

「さすがに無理しちまったかな、ヘッ」

「だから言ったじゃないの。解熱剤を飲んでおとなしくしてるのよ？」

「ああ……」

　私にうながされると、シュエは私から視線をそらして天井を見上げた。そして、目隠しをするように自分の左手を顔の上に置く。

「なあ、明良《あきら》。ちょっと訊《き》きたいんだけどよ……アンタ以外に、この土地に誰か別の殺し屋はいるのか？」

「どうしてそんなことを？」

　質問の意図を察しようと彼女の顔を見るが、その目は手で覆い隠されていて見えない。

「いや……もしかしたら、昨日のヤツらとまた事を構えるかもしれねえからな。手を貸してくれそうなヤツが近くにいるなら、知っておいて損はねえだろ？」

　そう答えたシュエの口調は、ゆうべからのものと特に変わらないように思えた。

　私が思い浮かべるのは、もちろんアーニャちゃんのことだ。

　平穏な日常に生きることを決めたあの子を、余計なトラブルに巻きこむ可能性を作りたくはなかった。けれど、互いのすべてを見せあったシュエに嘘をつくこともしたくはない。

迷った時間は、たぶん数秒たらず。凝縮された時間の中で、様々な思考が入り乱れていく。

「ええ、いるわ」

ぎりぎりまで迷った末に、私が口にした答えはそれだった。

「……へえ。ソイツは、日本人か?」

「ううん……ロシア人よ。あなたと同じぐらいの年頃の女の子」

「で、アンタは、ソイツと一緒に仕事をしたことはあるのか?」

今度も質問の意図はわからない。おそらく、信頼できる実力があるかどうかを確認するためのものだろう――と、私は判断した。

「あるわ、一度だけね。私以上の凄腕《すごうで》よ」

答えは返ってこなかった。シュエはずっと自分の手で目隠しをしたまま、その表情は見えずなにか動きを見せることもない。

「……そうかい」

そして低くつぶやき、寝返りをうつと背中を向けた。

「ちょっと一眠りするぜ。アンタは仕事にいってきなよ」

「なんだか急に聞きわけが良くなったわね。私が帰ってくるまで、外に出ちゃだめよ?」

彼女の身体《からだ》に布団をかけてあげると、私は部屋のドアを閉め小雨の降る街角へ出ていった。

Mission.3

重なる気持ち、すれ違う想い

わたくしは、猫が好きだ。

神が磨きあげた宝石のような、あの透きとおった色をした美しい瞳が好きだ。

誰にどう思われようと自分のしたいことだけをする、気高い独立心が好きだ。

見る者に慈《いつく》しみという感情を思い出させてくれる、ふとした瞬間の愛嬌《あいきょう》ある仕草が好きだ。

世界中にはいろんな種類、いろんな性格の猫たちがいる。けれどその中での一番は、誰にとっても自分の家にいる猫だろう。

わたくしも同じだ。五歳の誕生日にパパが知り合いからもらってきてくれた、猫のシルヴィが世界で一番大好き。生まれたての子猫だったころから、ずっと一緒に過ごしてきた。

シルヴィは血統書つきでもなんでもない、そのへんにいる普通の猫だった。青みがかったグレーの毛並みはじゅうたんみたいにフカフカで、もう六歳の大人だというのに子猫のころと同じ甘えんぼうさん。わたくしの姿がちょっとでも見えないと、すぐにミャオンミャオンとさみしそうに鳴く。

人間の赤ちゃんみたいなその声はとても切ないけれど、聴こえてくるといつもうれしくなった。わたくしとシルヴィとの間に存在する、たしかな愛を感じられたから。

パパとママは立派な人で、医療が未発達な紛争地域で活動をしているお医者さんだ。

わたくしも両親について母国のアメリカを離れ、戦火が絶えないこの国で暮らすようになって何年にもなる。けれど、シルヴィが一緒だから心細くはなかった。

いつも抱っこをすると、シルヴィの丸い茶色の瞳がじっとわたくしを見つめてくれる。わたくしがゆっくりとまばたきをすると、シルヴィも同じようにまばたきを返す。そうしているうちに、うとうとと安心して膝《ひざ》の上で眠ってしまうシルヴィ。

わたくしはそのやわらかな背中を、いつまでもやさしくなでてあげる。幸せなその時間を感じられるだけで、ほかには何もいらなかった。

そんなある日のこと。

学校で午後の授業を受けている最中だった。市街地中心部の方角から、砲声や爆発の音がしきりに聞こえてきた。教室内は一気に騒然となる。

ほどなくして教室の扉がいきなり開くと、やってきた軍の兵士が教師に何事かを叫んでいた。どうやら、反政府勢力の大部隊がこの街に押し寄せてきたらしい。民間人は今すぐに街の外へ避難するように、とのことだった。

わたくしは、まっさきにシルヴィのことを思い浮かべた。教師の制止を振りきって教室を飛び出すと、自分の家を目指して走っていく。戦火はすでにこの地区にも近づいていたけれど、あの子のためなら怖くなかった。

『ロザリー！』

道路を走ってきた軍の車輛《しゃりょう》がわたくしの前で停まると、後部座席からパパがわたくしを呼ぶ声がした。隣にはママもいる。

わたくしはまず、両親が無事だったことに安心したけれど……

『パパ……シルヴィは？』

パパもママも、シルヴィを連れてはいなかった。不安な声で尋ねたわたくしに、パパは悲しげな顔で首を横に振った。

『シルヴィのことはあきらめるんだ。もうあの家には戻れない』

『えっ――まさか、シルヴィはまだ家にいるの!?』

わたくしは再び家の方角へ走ろうとしたけれど、車から降りてきたパパの腕に抱きかかえられてしまう。

『はなして！　シルヴィを連れてくるの！』

『だめだ、ロザリー！　戻ったらおまえまで死んでしまう！』

『いやあ！　シルヴィを助けなきゃ！』

わたくしはめちゃくちゃに暴れたけれど、パパの手で無理やり後部座席に押しこまれる。泣き叫ぶわたくしを無視して、軍の車輛は再び走り出した。

『シルヴィ――ッ！』

リアウインドウの向こうに遠ざかる町並みは、みるみるうちに炎と煙に包まれ崩れ去っていく。シルヴィのいる、わたくしの家とともに。

崩れていく世界は、あふれ出す涙でかすんで見えなくなる。そのわたくしの耳に、なじんだ声が聴こえてきた。

──わたくしの姿を必死に探す、ミャオンミャオンというシルヴィの鳴き声が。

『あああああああああっ……シルヴィィィィィィィィッ!?』

甘えんぼうのあの子が、炎と硝煙《しょうえん》の向こうで鳴いている。

今どんなにか、心細くて悲しい思いをしていることだろう。なのに、あの子を助けてあげられないなんて。

それは現実に聴こえる鳴き声ではなく、わたくしの脳内にある記憶が奏《かな》でる幻聴でしかない。けれどシルヴィの声は、いつまでもいつまでも止むことなく聴こえ続けていた。

わたくしの絶望と悲しみは深く、安全地帯への避難が終わったあとも何日も食事をとることなく泣き続けた。そんなわたくしを慰《なぐさ》めようとして、パパとママはこの世の道理を説いて聞かせる。

猫を置き去りにしてしまったのは、緊急を要する中で仕方のなかった不可抗力なのだと。わたくしたちがシルヴィを見捨てたのではなく、戦争という理不尽があの子を奪ったのだと。

そして戦争というものは、人の身体《からだ》を蝕《むしば》むガン細胞のようなものなのだと。特効薬は存在せず、何度も再発したりもするが、人が生きる上で無縁でいることはできないものだ――と。

わたくしを思いやってくれるパパとママの愛情に応えるために、わたくしは精一杯の元気を振りしぼって泣きやみ笑顔を作った。

けれど、その笑顔は偽《いつわ》りの仮面でしかなかった。

わたくしの魂には、そのときもう悲しみを超える怒りという烙印《らくいん》が刻まれていたのだから。

わたくしからあの子を永遠に奪い、わたくしたちの間に流れていた愛を引き裂いた戦争という理不尽に対する……赤くあかく燃えたぎる、地獄の炎にも似た消えぬ怒りが。

戦争は人類が共存していくしかないガン細胞？

冗談ではない。そんなものと共存すべき理由など、一切なにもありはしない。たとえどれだけの痛みと流血をともなおうとも、肉体《じんるい》から切除しなければならないだろう。

人と猫とが幸せに暮らせない世界など、そのままにしてはならないに決まっている。この世の道理など、知ったことか。

シルヴィとともに生きる幸せ――わたくしは、ほかに何もいらなかった。それを容赦なく奪った戦争、そして戦場という理不尽を、わたくしは未来永劫《えいごう》憎み続ける。

そしてわたくしが猫《シルヴィ》を守れなかったのは、わたくしが弱く力を持たなかったからだ。

ゆえに、己自身のその罪をもわたくしは永遠に憎む。決して忘れず、この命ある限り背負い続けていくだろう。

いつかこの世すべての猫《しあわせ》を守れるほどの強さと、絶対の力を手に入れるまで。

わたくしを呼ぶあの子の鳴き声は、今もずっとこの耳に聴こえ続けているのだから……


頰《ほお》をなでていく、ざりざりという感触と濡《ぬ》れた生温かさで目が覚めた。猫の舌だ。

枕元に添い寝しているのは、シルバークラシックタビーの毛並みをしたアメリカンショートヘア。今のシルヴィが、わたくしことペムプレードーの頰を短い舌でなめている。寝ている間にそこを流れた、涙の塩分を味わっていたようだ。

「また、昔の夢を見てしまいましたか……いけませんわね、心が弱っている証拠ですわ」

ここ数年ほど、ろくに休暇らしい休暇をとっていない気がする。けれど、そんなことは言い訳にはならない。わたくしには、立ち止まっていることは許されないのだから。

わたくしはホテルのベッドから身を起こすと、ベッドサイドに置いたスマートフォンを手にとった。

二四時間体制でエニュオーさんとペルシスさんの行動をフォローしている、疲れ知らずのデイノーさんから報告が入っている。それぞれに頼んでいたアンナさんと黒蜂《ヘイフォン》さんとの交渉が、ともに失敗したとのことだった。

「まあ、想定の範囲内ですわね。それでは、第二フェーズに移行いたしましょう……わたくしも、そろそろ自ら動きますか」

悲しい夢の残滓《ざんし》を洗い流すように、バスルームで熱いシャワーを浴びる。新しい下着と服に着替えると、こめかみに鋭い針で刺されたような痛みが走った。

「……ッ」

大いなる『力』の代償であるその頭痛に歯を食いしばり、サングラスをかける。

振り返ると、猫はベッドの上で気ままに毛づくろいをしていた。シャワーを浴びている間、あの子のようにさみしがって鳴くこともなく。

「……おまえは相変わらず、おとなしくていい子ですのね」

今のシルヴィの丸い頭にキスすると、わたくしはホテルの部屋を後にした。


私——アンナ・グラツカヤは、いつものように旭姫《あさひ》の作ってくれた夕食を口に運んでいた。

今夜の献立は、イタリアン風ロールキャベツ。一般的なコンソメスープではなく、潰《つぶ》したトマトとガーリック、それに赤唐辛子を使ったアラビアータソースで煮込んだアレンジ料理だ。濃厚で甘からい味つけは、より白米にあうように思えた。

「おいしい？」

「うむ、とても美味だ。鶏肉の粗挽《あらび》き具合が特に素晴らしい。手間をかけて包丁で刻んだ効果が如実《にょじつ》に出ている」

私の返事は、いつもと変わらない調子だったと思う。けれど旭姫は、そこになにかしらの変化を見いだしたようだった。

「アーニャ、もしかしてなにか考えごと？」

ふと箸《はし》を止めると、観察するように私の顔を見つめてくる。このあたりは、相変わらず子供らしからぬ洞察力だと言えた。

「実は旭姫に話がある。例の、東京へ遊びにいく件だ」

「えっ、ほんとに？」

私が話題を切り出すと、旭姫の表情がぱっと明るく輝く。

「今週の土曜日にいこうと思うのだが」

「うんうん。いいんじゃない？」

「そうか。小花《こはな》も都合は良いと言っていた」

「えっ？　どうして小花さんに関係があるの？」

不思議そうな様子の旭姫に、今日の放課後に起こったことを食べながら説明した。

食事が終わると、キッチンでふたり並んで食器を洗う。私たちのやることに参加したいのか、ピロシキが足下にまとわりついてきて踏んでしまいそうになった。

「……ふーん。そうなんだ」

排水口に流れていく洗剤の泡を見つめながら、私の話を聞き終えた旭姫《あさひ》がつぶやく。

「それで、小花《こはな》さんをデートに誘う流れになったってわけなの？　……ふふっ、なにそれ。めちゃくちゃすぎてウケるんだけど、そのエニュオーって人」

「うむ。今回は旭姫と三人での、という形になるが」

洗い終えた皿の水気をキッチンペーパーでふき取りつつ、隣の旭姫の横顔をうかがう。

「あたしは辞退するわ。小花さんとふたりでいってきなさいよ」

思いがけない言葉が返ってきた。旭姫はこちらを見ることなく、皿の上を流れる水と洗剤の泡だけに目を落としている。

「なぜだ？　さっきは乗り気だったように思えたのだが」

「せっかくのデートなんだから、ふたりの思い出になる特別な時間にしなきゃ。あたしのことなら、別に気にする必要なんてないわよ？　今だけ一緒に生活してるってだけの他人なんだから。学校の友達と仲良くなるほうを大切にしなさいよ」

「いや、東京へいくのは、もともと旭姫とした約束だったはずだ。それなら別の機会にしよう」

旭姫はこちらを向くと、にっこりと笑った。

「今回は今回でいいじゃない。なにも、いく機会が永遠になくなるわけじゃないんだから」

「しかし……」

「実はママから、休みの日は帰ってきなさいって言われちゃってるのよね。良い機会だから、今度の週末は実家で過ごすわ」

きっぱりとそう告げられてしまい、私はそれ以上言いつのることはできなくなる。鼻歌まじりで洗い物をすませる旭姫からは、不機嫌な様子も感じられない。

それでも、どこか釈然としない流れに感じた。その違和感がなんであるのかは、私にはうまく説明ができない。

その夜は、旭姫のことが気になってちらちらとそちらをのぞき見てしまった。

テレビ番組を観て笑っているとき。カウチソファに登ってきたピロシキとたわむれるとき。彼女が見せる楽しそうな顔はいつもと同じだ。

それでも人の心は、目に見える表情や口にする言葉と同じだとは限らない。それが善意であれ、悪意であれ。私はもう、そのことを知っている。

旭姫が笑顔の下に沈めたもの。それがなんであるのかをうかがい知ることはできないが、彼女が私に悪意をいだいているとは思えない。だからきっと、おもてに出さないのは私を思いやってくれる善意からなのだろう。

ならば、しつこく問いただすのは旭姫の気持ちを尊重していないということになる――の、だろうか？

それが正解であるのかどうかの判断すら、情けないことに私にはできないのだった。

人の心と感情は難解なパズルのように複雑で、力まかせに解こうとすれば壊れてしまいそうにもろい。

私がずっと生きてきた殺人者の世界は、生と死の二元論だけが支配する単純明解なものだった。そこから迷い出てきたばかりの私は、いまだ人の世を動かす複雑で繊細なパズルに慣れることができずにいる。

なーん。

ふと、ソファの足下で甘い鳴き声が響いた。

フローリングの床から、ピロシキが私の顔を見上げている。

トパーズのように澄んだ黄色い瞳を見ていると、彼ら猫は森羅万象すべての正解をすでに知っているような気がしてきた。

「あ、ピロシキはもうおねむだね」

「そうなのか？　良くわかるな」

「この時間におねだりをするってことは、たぶんそうだよね。ほら、前足ちょこんってそろえてるし。ごはんはとっくに食べたから、もう寝たいんだよ」

ピロシキは尻を床に着けて直立するように背筋を伸ばし、前足をきれいに合わせた待機ポーズをしている。

前方から見ると下半分がふくらんだ洋梨を思わせる、猫特有の曲線ゆたかなフォルムだ。たしかにこの姿勢で話しかけてくるときは、だいたいなんらかの要求がある場合が多い。

「猫は夜行性と聞いていたが、意外と夜はちゃんと寝るものなのだな」

「それね、実は猫って夜行性じゃないんだって。正確には薄明性とかいって、夕方とか明け方に活動するのがほんとうの生態らしいよ」

「なるほど。それに加えて、同居する人間の生活パターンに影響される部分もあるのだろうな」

旭姫《あさひ》が、じっと上目づかいで待機しているピロシキを抱き上げる。ピロシキは少しもがいて脱出しようとしたが、すぐ妥協したようにおとなしくなり旭姫の腕の中に収まった。

「じゃあちょっと早いけど、あたしたちもそろそろ寝よっか?」

「うむ。では先に歯を磨いてこよう」

「んふふ、ピロシキ～。一緒に寝ようね～?」

抱っこしたピロシキに頰《ほお》ずりをしながら、寝室へ連れていく旭姫。それをよそに、私は胸のつかえをため息に変えて吐き出した。

なにも語らずとも通じあえる、猫の言葉。

この心やさしくも複雑な日常世界では、あるいは人間よりも彼らのほうが生きやすいのかもしれない。

土曜日。

私――アンナ・グラツカヤは、かねてからの約束どおり小花《こはな》と一緒に出かけることに。

行き先は東京。旭姫《あさひ》は、ついさっき部屋を出て彼女の実家へ帰っていった。戻ってくるのは明日の夜とのこと。この週末は、ひさしぶりに旭姫のいない時間を過ごすことになる。

3LDKの部屋は、やけにがらんとして寒々しく感じた。こんなに広い家だったのか、と今さらのように感じてしまう。

「ピロシキ。今日一日出かけてくるが、留守番を頼む」

こげ茶と白のハチワレ猫は、カウチソファの上で一心不乱に毛づくろいをしていた。

私が話しかけても聞いているそぶりはなく、なによりも大事な習慣――毛並みのコンディションを整えることに余念がない。猫のこういった人間への塩対応ぶりは、私は嫌いではない。

白い手袋をはめたような手をなめてから、自分の丸い頭をグリグリとこする。首をひねって肩口をなめ、次いでどてっとあぐらをかくように前屈姿勢になった。ついには優雅さをかなぐり捨てた大股《おおまた》開きで、腹や尻まわりの毛をしぺしぺとなめて整えていく。身体《からだ》を丸めすぎて、ソファの上でコロンと転がったりもする。

次々とフォルムを変えていく猫の千変万化ぶりは、まるでそれ自体がひとつの変転する宇宙のようだ。見ていてまったくあきない。

夜までのぶんのキャットフードと新しい水を用意し、私は外に出た。

空は灰色の曇り模様だが、雨はまだ降ってきていない。だが梅雨時だし、いつ降り出してもいいように折りたたみ式の傘はバッグの中に入れてある。

小花とは、一〇時半に駅で待ち合わせの約束をしていた。都心までは私鉄とＪＲを乗り継いで、およそ二時間半の予定。着いたころには、ちょうどランチタイムになるだろう。

駅の前に到着すると、約束の一〇分前。改札口の前で、すでに小花は待っていた。

清楚《せいそ》なアイボリーホワイトのカーディガンに、ネイビーブルーのワンピース風ティアードブラウス。ボトムには、ブラウスに合わせた色あいのキュロットスカートをはいている。足もとはくるぶし丈の黒いブーティに、かわいらしいレースフリルのついた白ソックス。

トートバッグを肩にかけた私服のコーデは、見慣れた制服姿よりも大人っぽく見えた。

「あっ。アーニャ、早かったねえ」

やってきた私に気づくと、小花が笑顔でこちらに手を振ってくる。

「小花こそ……」

「なんかねえ、早く着いちゃった。わたしって、いつも時間を読めないの」

いつもとは違ったファッションの小花を前にしたせいか、私はつい気おくれしてしまう自分を感じていた。

なにせこちらはと言えば、十年一日のような『アーニャ私服セット』なのだから。

Ｔシャツにパーカー、ショートパンツとニーソックスというコーディネート。母親の選んだ服しか持っていない子供のようで、気恥ずかしさが襲ってくる。

「どうしたの？」

「いや……小花《こはな》の服がおしゃれなので、普段着でやってきてしまったことを後悔している」

私がそう言うと、小花はくすぐったそうに微笑《ほほえ》んだ。

「ふふっ、ほめられると照れちゃうね。実を言うと、わたしもそんなにたくさん服を持ってるわけじゃないんだあ。今日のお出かけ用に、エリにコーディネートしてもらったの」

「竹里《たけさと》に？」

「うん。今日のこと話したらね、『それデートじゃん！　気合入れなきゃ！』って、服買いにいくのに付き合ってくれて。……でもデートって、エリもちょっと大げさだよねえ？」

そう言って苦笑する小花に、どう返したらいいか複雑な心境だった。私も梅田《うめだ》あたりに相談すれば良かったのだろうか。

「じゃあ、いこっか」

「うむ」

ともに駅の改札を通り、上り線のホームで電車を待つ。

「東京の天気はどうだろ……夕方まではなんとかもつかなあ」

小花はスマートフォンで気象情報を確認していた。それから、ふと思い出したように。

「そういえば、旭姫《あさひ》ちゃんはやっぱりこれなかったんだねえ？」

「あれからも誘ったのだが、どうしてもということだった」

実家の事情という理由である以上、私がそれ以上踏みこむこともできず。結局はそのまま週末を迎えることになってしまった。

「うーん、残念だねえ。じゃあ、帰りにおみやげを買っていこうよ。なにが良いかなあ?」

「ふむ……」

電車で移動する間、旭姫の喜びそうなものを考えてみる。が、すぐには出てこなかった。

そもそも旭姫の好きなものを、私自身がそんなに詳しいわけではない。原作漫画の単行本をそろえているアニメや、ファンレターをいつも送るという少女向けファッション雑誌の読者モデルなどについても、知識はなかった。

——あたしのことなら、別に気にする必要なんてないわよ? 今だけ一緒に生活してるってだけの他人なんだから。

ふと、旭姫が口にした言葉が意識に浮かび上がってくる。

これではたしかに、彼女がそう言うのも無理はない。三か月も一緒に暮らしていながら、私は旭姫について実はなにも知らないような気がした。

ただし、確実なものなら一つだけ知っている。それが猫だ。なにか猫に関連するものを買って帰れば、無難に喜んでくれそうな気はした。

「ふむ……こういうのもあるのか」

「東京みやげ」「猫」で検索すると、猫をモチーフにしたスイーツというのが結構見つかった。とりあえずは、こういうものを買っていこう。

そうこうしているうちに、私たちは東京へ着いた。

ひとまずの目的地は原宿《はらじゅく》に決めてある。そこでスイーツを食べたり、色々見て回ったりすればそれらしい時間の過ごし方ができるだろう。

そんなふうに行動にいちいち効率を考えてしまうあたり、手段が目的化してしまっている気もするが……

「ええと……原宿までは何線でいけるんだろ。東京の電車って、便利だけど乗り換えがたくさんあって大変だよねえ」

私たちは、カラフルに色分けされた路線図を頼りに電車を乗り継いでいく。そして、ＪＲ山手線《やまのてせん》の原宿駅でようやく下車。

原宿のメインストリートである竹下通り《たけしたどお》の風景は、テレビ番組の映像で観たそのままだった。土曜日の昼間だけあって、曇天にもかかわらず人出も多い。立ち止まっていると前後からくる通行人の邪魔になりそうなので、自然と足が動いてしまった。

ふと、左手がきゅっと握られる感触。

隣を見ると、小花《こはな》の顔に心細そうな色が浮かんでいた。どうやら緊張して、自然と私の手を握ってきたらしい。私が握り返すと、小花がそれに気づいてはにかむ。

「やっぱり人が多いねえ。手、つないでていい？」

「うむ。問題ない」

「それはそうと、お腹すいたねえ。クレープ食べる前に、どっかでちゃんとしたお昼食べよっかあ」

朝は食べてこなかったので、私も空腹ではあった。あたりを見渡すと、店はあふれるほどに目に入る。逆に多すぎて、どこへ入ったらいいのかわからなくなるほどだ。

小花も私と似たような心境のようで、視線を落ち着きなくさまよわせている。いかにもおしゃれな造りのカフェやレストランの外観に目を留めては、入る勇気もなくといった様子で通りすぎていった。

結局、私たちが選んだのは……

「あはは。マックなんて、地元にも全然あるのに入っちゃったよお。おいしいけど、原宿感はゼロだねえ」

全国、いや地球上のどこにでもありそうなファーストフードの店舗であった。定番セットの季節もののハンバーガーとフライドポテトをほおばりながら、小花が苦笑を浮かべる。

非日常の中でようやく見つけた、なじみ深い日常の記号。私たちは情けなくも、どちらからともなく顔を見合わせ安心してしまったのだった。

「まったくだ……これでは、東京まできた意味がまったくないな」

空腹は満たされたが、アメリカ資本主義に胃袋を侵略されたかのような敗北感が襲ってくる。勝ち誇ったエニュオーの脳天気な笑顔が、なぜか頭に浮かんだ。

「よし、ではリベンジだ。今度こそ原宿感《はらじゆくかん》を満喫しよう。食後のデザートに、クレープを食べにいくぞ!」

私は内なる闘志を燃やしつつ、今度は私から小花《こはな》の手を握って歩きだす。

「あっ……」

「む、すまん。痛かったか?」

急いでいたので、つい強めに握ってしまった。しかし、小花は軽く驚いた表情を見せたものの、痛そうな様子は特に見せていない。

「ううん。なんかびっくりしたっていうか、ついうれしくなっちゃっただけだよお」

「そうか。なら良かった」

「学校の帰り以外でアーニャと遊ぶのって、お花見のとき以来? ひさしぶりだなあって」

楽しげに弾む小花の声を聞いていると、こちらの気分もなごんでくる。

見渡してみると、クレープの店はあちこちに見つかった。自然と足が向かった先は、鮮やかな赤色が目につくクラシックな雰囲気のある店。看板にはsince 1976の文字があり、このあたりではかなりの老舗《しにせ》らしい。

通りに面したカウンター横のショーウィンドウには、蠟《ろう》細工でできたメニューの見本が並んでいた。甘いクレープだけでなく、ハムやレタスをはさんだ軽食風のものもある。

「アーニャ、どれにする？　みんなおいしそうで選べないよお」

ふたりして悩みながらも、私たちはどうにか注文を決めた。小花はストロベリーチョコのホイップクリーム、私はアップルシナモンのカスタード&ホイップをそれぞれテイクアウトする。

「ぶらぶら歩きながら食べよっか」

「うむ。たしかにそれっぽい」

「ぷふっ。それっぽいって、なにがあ？　アーニャって面白ぉい」

私の返事がツボに入ったのか、おかしそうに小花が笑っている。

「でもわたしたち、ほんとに田舎のＪＫ丸出しって感じだよねえ」

それについては異論がなかった。私に至っては、その田舎のＪＫとしての経験すらも乏しい。

「これがクレープか……どれ」

温かいクレープ生地に包まれた冷たい生クリームを、一口ほおばる。

「ッッ！」

瞬間、脳が溶け落ちるかのような甘さが押し寄せてきた。

すさまじい恍惚感《こうこつかん》に、はぁぁ……と意識せずに異様な声が出てしまう。一六年の人生で、かつて体感したことのない背徳的な快楽だった。罪の意識すら覚える。

「アーニャ、おいしい？」

「……正直、食べものというより私にとっては麻薬にすら感じる」

生クリームの、暴力的なまでのおそるべき甘さ。まだ陶然と酔いしれながら答えると、小花《こはな》が自分の食べていたほうをさし出してきた。

「シェアしよ？　わたしもアーニャの食べてみたいし」

私はうなずき、包み紙の上から手に持ったクレープを小花の口元まで持っていく。マイクを片手に、相互にインタビューをしているみたいな絵面《えづら》になった。

小花が私のアップルシナモンを、ぱくりと一口食べる。私も、小花のストロベリーチョコをほおばった。

「〜〜ッ！　こ、これは危険すぎる……ッ」

チョコレートソースの濃厚さと苺《いちご》の酸味が加わった生クリームは、また違う奥深さのある甘みだった。一言、たまらない。

「うん、こっちもおいしい。リンゴのシロップ漬けって、子供のころに缶詰のやつが好きだったなあ。なんだか、なつかしい味……シナモンもすごく良い香り！」

一口ごとに押し寄せる感動にひたりながら、私はにぎわう休日の表参道《おもてさんどう》を小花と歩く。ようやく東京へ遊びにきた実感がわいてきた気がする。

「ねえ、これからどうしよっか？　旭姫《あさひ》ちゃんへのおみやげ見つくろって、それからカラオケでも歌わない？　アーニャとカラオケいったことってなかったよね」

小花からのそれは、意外な提案だった。

「アーニャ、歌は苦手？　だったら別になんでもいいんだよお？」

かつて私の生きてきた世界は、歌とは無縁のものだった。

しかし、今の私がいるのは歌声に満ちあふれた世界。インターネットの動画サイトでは、誰とも知れぬ無数の人が自由に歌声を世界に発信してもいた。歌うこととは特別ではなく、普通のことなのだ。

ならば私も、歌えるはずだ——歌えることを、自分自身に証明したい。

「いや、私も歌ってみたい」

そう答えると、うれしそうに小花が微笑《ほほえ》んだ。そのとき。

「あっ、パラパラきたね」

ふと。小花が灰色の空を見上げた。

頬《ほお》に冷たい水滴が当たる感触。アスファルトに落ちる黒い染みが、みるみるうちに広がっていった。

「あっ！　折りたたみ傘、入れてくるの忘れちゃったあ」

バッグの中を確認した小花が、しまったというような声をあげる。私は自分の折りたたみ傘を取り出すと、ボタンを押して広げた。

「ふたりぶんには少し小さいが、一緒に入ろう」

「相合い傘だねえ。それじゃ、お邪魔しまーす」

小花《こはな》が私の左隣に身を寄せてきた。肩と肩、腕と腕が触れあう。携帯用の傘なので、どうしても身体《からだ》がはみ出してしまうようだ。

「小花。もう少しこっちに寄らないと濡《ぬ》れるぞ」

私は小花の背中に腕を回すと、彼女の肩を抱くようにして引き寄せた。

「…………」

顔のすぐ横に小花の視線を感じる。そちらを向くと、あわてたように顔をそらせた。

「あはは。今のアーニャ、イケメンポイント高かったねえ！ これは女の子が惚《ほ》れちゃうやつだよお～」

そしてなにかを誤魔化《ごまか》すかのように、テンション高く冗談めかして笑う。

「たぶんにわか雨だと思うから、お店に入って雨宿りしようか？ せっかくだから、カラオケが歌えるところがいいかなあ」

「了解した」

私は傘をさして雨の中を歩きつつ、建物の看板やネオンサインに見える「カラオケ」の文字を探した。やがて、目標を発見する。

「よし、あそこにしよう」

「うん――え？」

見定めた建物の入口に入ると、薄暗いロビー正面にカウンターがあった。だが中にいる人間の顔は見えず、金銭の受け渡し用と思われる小窓のみが開いている。

カウンターの横には、各部屋の写真を表示した電光パネルがあった。使用する部屋を選べるらしく、空いている部屋には空室を示すボタンが点灯している。私は適当な一室のボタンを押すと、カウンターへいく。

「二人だ」

「ご休憩ですか、ご宿泊ですか？」

カラオケルームというものには詳しくないが、宿泊まで可能とは知らなかった。だがもちろん、その予定はない。

「休憩だ」

「ただいま二時間で三〇〇〇円になります」

「えと……アーニャ？　ここって……」

「とりあえず私が出しておく。あとで精算しよう」

なにか言いかけた小花を制し、私はカウンターに財布から出した千円札を三枚置く。小窓から手が伸びてきて札を回収し、代わりに部屋のキーが差し出されてきた。

互いに顔が見えない上に、会話が必要最小限で成立するようになっている。妙に怪しさを感じさせるシステムに、ロシアで銃の闇取引をしたときの記憶を連想した。

「いこう、小花《こはな》。部屋は二階だ」

「あ……」

小花の手を引き、階段を昇っていく。小花は緊張しているのか、ロボットのようにギクシャクとした足取りだ。そしてなにかを言おうとしては言語化に失敗し、あわあわとうろたえている様子。

「どうした、小花？」

「あのね、アーニャ……ほんとうにここでいいの？　ここに入ったってことはあ……」

彼女の顔は、風邪でもひいたかのように赤かった。

「その……アーニャは……もしかして今、そういう気持ちになってる……ってことお？」

そして、途切れ途切れにそんなことを言ってくる。

「もちろんだ」

「……っ」

今の私の、歌いたいという気持ちは本物だ。あらためて確認されるまでもない。

部屋の鍵《かぎ》を開けながら答えた私の返事に、小花がどういう反応を示したのかは見えなかった。私は部屋の中に入り、廊下の途中にあった照明のスイッチを入れる。

部屋の真ん中には大きなダブルベッドがあった。

カラオケらしき機械や腰を下ろせるソファもあるが、ダブルベッドの存在感があまりにも圧倒的すぎる。部屋の面積のほとんどが、このベッドに占拠されているといってもいいだろう。バスルームまである。これでは、まるでホテルの部屋かなにかのようだ。

そういえばさっき、下で宿泊も可能だと説明されたが……我々のような短時間の利用客には、このベッドは邪魔でしかない。カラオケルームとしては設計ミスではないだろうか。

「ん……？」

ソファに腰を下ろした小花は、まるで置物みたいに固まっている。さっきから顔も赤いし、妙に挙動不審だ。

「どうしたんだ、小花？」

「ひゃっ」

私が隣に座ると、小花が変な声を上げてこっちを向いた。私を見る目は怯《おび》えているようでもあり、なにかを待っているようでもある。

「カラオケを歌おうと思うのだが、機械の操作方法がわからない。教えてくれないか」

「……え？　あっ、うん！」

弾《はじ》かれたようで速さで、小花が動いた。手早くカラオケ機械とテレビモニターの電源をつけると、備え付けの液晶タブレットのスイッチを入れた。

「なるほど、これで選曲をするのか……小花《こはな》、歌う曲は決まっているか？」

「う、うぅん。まだ決めてないよお」

「では、私から歌わせてもらおう……知っている歌は少ないが、歌ってみたい曲がある」

タブレットに文字を入力し、検索する。表示された曲目を、私は選択した。

やがて、イントロの演奏が流れ画面に曲名が表示される。

歌詞の字幕が浮かぶとともに、私は深呼吸をしてマイクに向け歌いはじめた。

曲は、『知らず知らずのうちに』。

エレキギターにストリングがからむメロディは、ゆったりとしてとてもシンプルだ。いわゆるサビと呼ばれるような盛り上がるパートもなく、淡々とした繰り返しだけで構成されている。

ある日ユーチューブの再生リストに流れてきて知っただけの、日本のロックバンドの曲。発表されたのは、私が生まれるはるか以前の一九七〇年代だ。メロディが覚えやすいのに加え、私の心を不思議と捉えたのは歌詞だった。

その理由はわからない。私の中にあった自分でも意識せぬ感情や思いと、この曲の歌詞が重なる部分があったからなのだろうか？

今こうした自分でいることは、必ずしも私自身の選択による結果だけではない。思わぬ出来事や誰かに導かれた流れに乗って、それこそ知らず知らずのうちにこうなっている。

暗闇の底からユキに手を引かれて歩きだし、彼女を失い異国の地で猫《ピロシキ》に出会った。

そして旭姫《あさひ》や小花たちと過ごしてきた平和な時間もまた、自分の意思だけではないなにかが運んできたものだ。

そうした運命への言葉にならない感情や思いが、歌声として喉《のど》から勝手に出ていくかのように感じる。気がつけば、曲は終わっていた。

「アーニャ――」

隣に目を向けると、小花が私の顔を呆然《ぼうぜん》と見つめている。

自分が涙を浮かべていることに気づいたのは、そのときだった。

悲しい歌というわけでもないのに、不思議なことだ。やはり、感情の制御はまだうまく機能していないのかもしれない――と思ったとき。

「……ふっ、ふふっ……ははっ、あはははは っ！」

それまで呆然としていた小花が、いきなり笑いだしたのだった。

笑えるような内容の歌ではないと思うが、まさか小花も私のように感情の制御が……？

「ごめんねえ。アーニャの真剣な歌、すごく感動しちゃったよお……でもねえ、うふふっ」

遅れてぱちぱちと拍手をしながら、小花はこらえきれないといった様子でまだ笑っている。

「なぜ笑う？」

「それはねえ、勘違いがおかしかったから……わたしのほうも、アーニャのほうもお互いね？」

小花のみならず、私までが勘違い……？　なんのことだかはわからないが、小花はさっきまでとは打って変わってリラックスしており楽しそうだ。

「じゃあ、わたしも歌うねえ？」

首をひねる私をよそに、小花《こはな》はタブレットを手に選曲をはじめた。


――マヌルぬるぬるマヌルネコ♪


「ふふっ。アーニャったら、また口ずさんじゃってるよお？」

雨も上がった夕方、地元駅へ向かう下り電車の中。つい口をついて出てしまったのは、カラオケで小花が選曲したとある歌の歌詞だった。

一度聴いただけで洗脳されるかのような――実際、私は洗脳されてしまった――中毒性の高い曲だ。希少種である、最古の猫とされるマヌルネコの保全をテーマにした動物園のキャンペーンソングらしい。

「私の脳が現実逃避をしたがっているせいかもしれない……まさか、あんな恥ずかしい勘違いをしてしまっていたとはッ」

羞恥《しゅうち》のあまり、思い出しただけで頭をかきむしりたくなる。

私が『カラオケ歌い放題』の文字につられて入った店舗は、実は部屋でカラオケも歌えるラブホテル――つまり、メインの目的は性行為を営むための施設だったのだ。よりにもよって、そんな場所に小花を連れて入ってしまうとは。

「面目《めんぼく》ない……とんだセクハラだった」

いわゆる日本のラブホテルに類する施設は、私のいたロシアをはじめ海外ではほぼ見かけないといってもいい。しかも、そこでカラオケが歌えるなどとは想像もできなかった。

「わたし、もうドキドキしすぎてどうなるのかと思っちゃったよお。でも、アーニャがめちゃくちゃ本気で歌ってるのを見て『あ、勘違いしてるだけなんだ』ってわかったら……ふふっ」

小花はまた、くすくすと思い出し笑いをしている。

「できれば、早く忘れてくれると助かるのだが……」

「それは難しいかなあ？　だって、今日はすっごく楽しかったんだもん」

いたずらっぽく小首をかしげ、小花は隣の私に寄りかかるように身をあずけてきた。

「アーニャはあ？」

そして、くすぐったそうに微笑《ほほえ》みながらそう訊《き》いてくる。

「もちろん、私もだ」

「良かったあ。また、ふたりでどこか遊びにいこうねえ」

思わぬなりゆきからの、小花との東京デート。今日一日の思い出はきっと、これから先の私にとって大切な記憶のひとつになってくれるだろう。

そのきっかけを作ってくれたエニュオーには、ある意味で感謝をしなければいけないのかもしれない。

しかし——

(このままで終わるとは思えない。必ず新たな動きを起こすはずだ)

相手は米国ＣＩＡの精鋭戦闘チーム。私を獲得するという目的のためには、どんな手段を講じてくるか知れたものではない。

そのときは、せめて小花《こはな》や旭姫《あさひ》が巻きこまれないよう立ち回らなければならないだろう。

帰り道の余韻《よいん》に浸りながらも、私は連中——《グライアイ》の次なる動きに警戒心を研ぎ澄ませるのを忘れなかった。

Intermission.3

アーニャが小花《こはな》さんとのデートに出かける、土曜の朝。

「じゃあ明日の夜に帰ってくるから、洗濯ものはカゴにまとめておいてね。ピロシキのごはんとおトイレの掃除もよろしく～」

あたし――宗像旭姫《むなかたあさひ》は、アーニャよりも早くマンションの部屋を出た。なんとなく、見送りをした後で部屋にひとり残されるのが嫌だったから。

今にも降りだしそうな曇り空の下。駅へ向かうあたしの足どりは、灰色の空模様と似て鈍かった。自分の気持ちが、雨雲の向こう側に隠れたみたいに良く見えない。

(やきもち、なのかな……?)

歩きながら、もやもやとしたこの気持ちの正体を考える。

でも、あたしがやきもちを焼く理由なんてあるのだろうか?

アーニャにはどう考えても、小学生のあたしよりは小花さんのほうがお似合いなのに。

(この前チューしちゃったから? ううん、でも違うなぁ……)

歩いているうちに、いつも通る公園の敷地に入っていた。ぐるぐる回る考えを落ち着けるために、遊歩道沿いのベンチに腰を下ろす。

――どうするもこうするもない。他人である私が止める理由はないだろう。

ふと、頭に浮かんできたのはアーニャの言葉だった。

（あ、そうか……あれだ）

いつか、あたしが今の同居生活を終えて帰ることになったらどうする？　なんてお風呂で試しに訊《き》いてみたときのこと。

あたしはたぶん、アーニャのあの返事がショックだったんだろうと思う。

泣いて止めてくれるとまではいかなくても、少しはさみしがるそぶりぐらいは見せてくれるかな……なんて、あたしは淡い期待をしていたんだ。

でも、あっさりと現実を見せられちゃったっていう感じ。思い出すと、期待した自分の子供っぽさに恥ずかしくなってしまう。

（そりゃそうだよね……あたしたちの関係って、アーニャの言うとおり結局は他人でしかないんだもん）

たまたまひとつ屋根の下で暮らしているだけで、たどってきた人生もまったく違う人間同士。

そもそもあたしは、アーニャより六つも年下なのだ。どんなに背伸びをしても、年の差だけはこの先もずっと埋まりはしない。

死んだユキお姉ちゃんや大人の明良《あきら》さんのように、アーニャをリードしたり守ってあげることはあたしにはできない。

同級生の小花《こはな》さんのように、同じ目線で悩みを打ち明けあったりすることも。

今日の誘いを辞退したのも、勝手にそういう引け目を感じてしまったからだ。アーニャと小花さんの間に割りこんで、おじゃま虫にはなりたくないって。

じゃあ……そんなあたしがアーニャにしてあげられることって、いったいなにがあるんだろう？　頭の中を巡る考えは、そこで止まって一向に先へ進んではくれない。

じっと考えこんでいると、ぽつりと頬《ほお》に冷たいしずくが落ちてきた。とうとう雨が降りだしてきたようだ。

傘なら折りたたみのものを持ってきているけれど、わざわざさす気にもならない。

雨に濡《ぬ》れるのも構わず、私はアーニャのことだけをずっと考え続けていた。

「お風邪を召しますわよ？　旭姫《あさひ》さん」

声とともに雨粒がさえぎられたのは、そのときのことだった。

顔を上げると、金髪の美人さんがベンチの前に立っていた。やさしそうに微笑《ほほえ》みながら、あたしの頭の上に傘をさしだしている。

「……あ、たしか前に」

アーニャと一緒のときに、この公園で会ったことのある女の人だ。あのときは、アメショーのかわいい猫ちゃんを連れていたっけ。

「アンナ・グラツカヤさんのパートナーである、宗像《むなかた》旭姫さん。わたくし、少々特殊な職業についておりまして。あなたがたの関係や事情は、もうすべて存じあげていますの」

「パートナー、なんて……あたしは、アーニャのそんなのじゃ」

つい口を出た自分の卑屈《ひくつ》な言葉で、胸がちくりと痛んだ。

「つきましては、アンナさんの今後についてご相談がございます。旭姫さん、わたくしと一緒にきてくださる？」


三〇分後。

外国人の女の人――ペムプレードーさんと一緒のタクシーに乗ったあたしは、県庁所在地市内にある大きなホテルの最上階スイートにやってきていた。

お部屋にはいつかのアメショーちゃんがいた。人慣れしていて、来客のあたしを見ても隠れたりせず堂々とベッドの上に陣取っている。銀と黒のきれいな毛をモフりたい誘惑に駆られたけど、なんとか我慢した。

「――そういう次第で、わたくしはアンナさんをぜひ我がチームに勧誘したいと思っておりますの。もちろんアンナさんの、生存のために猫由来のアレルゲン物質が必要という特殊な条件……そして彼女の体内に存在する致死性ウィルスの将来的な無毒化についても、可能な限りのサポートをさせていただきますわ」

このペムブレードーさんが何者であるのかは、すでに説明を受けて知っている。彼女がなぜアーニャを欲しがるのかも。

「話はわかったわ」

すべてを聞いたその上で、あたしは最終的な結論を出すのだった。

自分ひとりでは堂々巡りで終わっていた考えの、その先へと進むために。

宗像《むなかた》旭《あさひ》姫とアンナ・グラツカヤは、どこまでいってもただの他人。嘘で支えられた、つかの間だけ許された関係。それ以上のなにかには、きっとなれない。

けれど、アーニャを大好きに思うこの気持ちだけは本物なんだ。

だからあたしは、あの人が幸せになれると信じた道を選ぶ。

ただそれだけ。それだけでいいんだ……。

Mission.4
雨あがりの夜空に

悪い予感というものは、えてして当たってしまうものである。

土曜日の夕方六時すぎ。小花《こはな》と別れた私は、地元駅の改札口を出てマンションの部屋に帰宅した。

旭姫《あさひ》への東京みやげである、猫スイーツの入った紙袋をダイニングテーブルの上に置く。

見知らぬ番号からの着信がスマートフォンに届いたのは、そのときのことだ。

私はかすかな胸騒ぎを覚えながら、液晶に点滅する通話アイコンを指でスライドさせた。

『ごきげんよう、アンナさん』

スピーカーから流れ出したのは、優雅な響きを帯びた女の声。

ペムプレードーのものに間違いなかった。

このままで終わるはずがない——つい一時間ほど前に私が危惧《きぐ》した予測のとおり、私を狙うCIAパラミリの作戦担当官《ケースオフィサー》は再び接触を持ちかけてきたのだった。

「私の意思ならエニュオーに伝えてある。そちらの傘下に加わるつもりは毛頭ない」

改めてきっぱりとそう断る。

『そこを曲げて、わたくしが直接お会いして話し合いの場を持ちたいと思っておりますの。公園でお会いしたときには、肝心の用件がお話しできませんでしたから……いかがかしら、アンナさん？』

「くどい。私にその気はない。通話を切るぞ」

いらだちを隠せない私の耳に、かすかな含み笑いの吐息が聴こえたような気がした。

『今わたくしは、とある場所にて宗像《むなかた》旭姫さんとご一緒しております』

そして、こちらの心臓を射抜くような一言。

通話の背後に耳を澄ますと、誰かと話す聞き覚えのある声がかすかに聞こえてきていた。

旭姫の声に間違いはない――

背骨を冷気が這《は》いおりていく。先ほどからペムプレードーが漂わせていた不気味な余裕は、私に対する必勝のカードを握っていたがためだったのだ。

「ペムプレードー……貴様ッ」

おそらく連中は、最後の手段として旭姫の身柄を拉致《らち》誘拐《ゆうかい》したのだろう。

彼女を守れなかった自分の甘さとペムプレードーの卑劣《ひれつ》さを感じ、私はただ怒りに身をよじることしかできなかった。

相手は『邪悪』の異名を冠した魔女。手段を選ばぬ非正規戦争《イリーガルウォー》の世界で生き抜いてきた、手練《てだれ》の工作員だ。たとえ相手が民間人の子供であっても、容赦はしないということか……！

『つきましては、今からわたくしの指定する場所までご足労をお願いできればと存じます。よろしくて、アンナさん？』

圧倒的優位を確信したかのような、ペムプレードーの声が響く。

だが旭姫《あさひ》を人質にとられた以上、私にできるのは相手の要求を呑《の》むこと以外にない。

ペムプレードーの指定した場所を脳裏に記憶しながら、私の心身はすでに旭姫を奪還するための戦闘態勢へと移行しつつあった。

「旭姫の身になにかがあれば、断じて許さんぞ」

かつての私――暗殺者としての精神状態に戻りながら、鋼《はがね》よりも冷たく硬い声音で言い告げる。なにか答えかけたペムプレードーの声をさえぎるように、私は通話を切っていた。

「くッ……すまない、旭姫……！」

自分への不甲斐《ふがい》なさから繰り出した拳《こぶし》は、むなしく誰もいない空のみを切り裂く。

そのまま たたずむ私の足首を、突然なにかふんわりしたものがなでていった。

見下ろすと、こげ茶と白の毛玉が人を転ばせる妖怪のようにまつわりついてきている。ピロシキはトパーズ色の丸い目玉で、私を試すかのようにじっと見ていた。

「そんなキュルルンとした目で見つめられても……あ、そうか。晩ごはんか」

リビングの床に置かれた、銀色の容器に視線を向ける。朝には山盛りだったドライフードの粒が、すっかり空になっていた。

「気づかずにいてすまなかった」

私は戸棚からキャットフードの袋を取り出し、いつもの目分量で容器に注ぐ。ざらざらという聞き慣れた音に反応したピロシキが、ぽてぽてと歩いてきてさっそく食べはじめた。悠然としたその態度は、下僕である私の愚鈍《ぐどん》さにあきれているかのようだ。

たとえ天地が揺らごうと、いかなるときにも猫ファースト。

その猫飼いとしての鉄則遵守《じゅんしゅ》、そして旭姫の奪回という非常事態への対応意識を両立させながら、私は出撃の準備を整えていく。

「……………」

今日一日を小花《こはな》とともに過ごしたフードパーカーやデニムのショートパンツを、私は脱いでクローゼットにかける。

そして代わりにハンガーから取り出したものは、もうひとつの『アーニャ私服セット』――すなわち、ゴシックロリータのメイド服だった。

これは数か月前、一度だけ殺し屋としての自分に戻ったときにまとった衣装。そして今から私は、再びあのときのように非日常の世界へ舞い戻っていくことになる。

意識のスイッチを切り替えるため、あえて私はこの服にもう一度袖をとおす決心を固めたのだった。コルセットを締め、メイドカチューシャを髪に飾り、腰の後ろにカランビット・ナイフを鞘《さや》ごと装着する。

アクション映画の決戦前シーンばりに完全武装を終えた私は、食事を終えてくつろいでいるピロシキをソファから抱き上げた。

腕の中で、モフモフした毛玉のかたまりがジタバタと手足を動かしてもがく。ンニャ〜と不機嫌そうなうなり声をもらしているので、どうやら抱っこされたい気分ではなかったようだ。

「すまない、ピロシキ。おまえの猫成分を補充させてくれ」

だが。これは私にとって命をつなぐ、銃の薬室《チャンバー》に弾丸を装塡《そうてん》するのにも等しい作業なのである。

私の体内に存在する殺人ウィルス《血に潜みし戒めの誓約《クローフフィ・クリヤートゥヴァ》》の活動を一時抑制するためには、意図的に猫アレルギーの発症を引き起こすことが必要なのだから。

「すうううう……！」

私はピロシキの白いお腹に顔をうずめると、覚悟を決めて深呼吸――禁断の『猫吸い』を実行する。天日干しした毛布にも似た心やすらぐにおいが、鼻孔《びこう》いっぱいに広がった。

みるみる肌に赤く湿疹《しっしん》が浮かび、猛烈《もうれつ》な痒《かゆ》みが鼻の奥から押し寄せてくる。

「――はぶしょッ！」

戦いの号砲を鳴らすかのように、特大のくしゃみが飛び出していた。

ぶざまにハナがたれ、音に驚いたピロシキが私の胸を後ろ足で蹴《け》って脱出してしまう。だがこれで、今から最低四八時間はウィルスの発症を抑えることが確実になったはず。

ティッシュでハナをかんでいると、スマートフォンがまたしても着信を報《しら》せた。

またペムプレードーからかと思ったが、液晶画面に表示された文字は私の知っている名前だった――久里子明良《くりすあきら》。

私は偶然を信じない。

新たな波乱の予感を確信しながら、私は明良からの通話を受けた。

『アーニャちゃん？　ちょっと急なんだけど、今から会えないかしら？』

「私も出かけるところだったので、用件次第だが……なにかあったのか、明良？」

『会ってもらいたい女の子がいるの。昨日、ちょっとした縁で関わったんだけど……その件で、相談したいことがあってね』

明良が簡潔に事情を説明する。

どうやら、偶然ではないという先の予感は正しかったようだ。

そのシュエというアジア系の少女もまた、私同様《グライアイ》に所属する工作員からの勧誘《スカウト》を受けたらしい。そして申し出をはねのけたところ、相手が実力行使に訴えてきたという部分も私と共通していた。

「なるほど。つまり共闘の申し出か。私としては問題ない」

これでペムプレードーと行動をともにしているメンバーは、私が会ったエニュオーのほかに少なくとももう一人……ギリシャ神話の伝承どおり、ペルシスという三姉妹の末妹がいることが確定したようだ。

『アーニャちゃんは自宅？』

「そうだ。旭姫《あさひ》が人質にとられてしまい、今から奪還に向かうところだった」

『そっちも大変そうね。すぐに向かうわ……そうね、三〇分後に会いましょう』


そのまま部屋で待機していると、部屋のインターホンが鳴らされた。

モニターに、エントランスへやってきた来訪者が映し出される。

明良《あきら》の姿と、その後ろに彼女と同じぐらい背の高い少女が見えた。フードパーカーをかぶっているので顔は良く見えないが、彼女が明良の言っていたシュエだろう。

やがて、エントランスから上がってきたふたりを部屋に招き入れる。

「あはは……アーニャちゃん、おうちでもその服を着てるんだ？」

私のまとったメイド服を見た明良が、いきなり困惑気味の苦笑を浮かべた。

「戦闘服には、ついさっき着替えたばかりだ。気にするな」

メイド服という名称はあえて避けつつ、明良の背後に立つ人影に視線を向ける。

「それで、そこにいるのがさっき明良の言っていた――なっ」

間近でその顔を見た私は、まさかの驚愕《きょうがく》に打たれていた。

「……黒蜂《ヘイフォン》!?　なぜ貴様が明良と一緒にいる？」

そこにいたのはまぎれもなく、東京で明良の仕事を手伝ったおりに対決した女殺し屋であったのだから。

私のほうを向いた黒蜂は、不快そうに顔を歪め舌打ちを飛ばした。

「――えっ？」

私の発した言葉に、今度はかたわらに立つ明良が顔色を変える。その視線は反射的に私から黒蜂へと移っていた。

「あー、別に素性《すじょう》を隠してたわけじゃねえぞ？　《黒蜂》は業界内での通り名だから、親からもらったほうの名前を名乗っただけだ。アンタが同業者だってことを最初は知らなかったからな……」

バツが悪そうに口走った黒蜂の言葉は、私ではなく明良に向けられたものだった。

一方の明良は、いかにも複雑そうな表情を浮かべている。

この様子からすると、どうやら明良はそれと気づかず黒蜂の窮地《きゅうち》を救ったらしい。私と違って直接対面したわけではないので、顔を知らなかったとしても無理はないが。

「明良？　大丈夫か？」

いつもは常に態度に余裕のある明良が、私から見ても露骨《ろこつ》に動揺を隠せていない。

「……ごめんなさい、ちょっと混乱しただけ。それで、アーニャちゃんはこれから？」

「ペムブレードーが指定してきた場所へ向かう。斑猫《はんみょう》温泉の旅館『椿屋《つばきや》』で、奴は会おうと言ってきた。旭姫《あさひ》もそこにいるらしい」

明良は黙ってうなずく。雰囲気から、やや自分を取り戻しつつあることがわかった。

「斑猫《はんみょう》温泉か……ここからなら、車で一時間もあれば着くわね」

黒蜂《ヘイフォン》もまた無言だが、さっきから明良《あきら》のほうばかりチラチラと見ている。その目の光はどこか気弱そうで、私と闘ったときの獰猛《どうもう》さはかけらも感じられない。

だが、やがて意を決したように私のほうを向いた。

「オレも同行するぜ。個人的に借りを返したい相手がいるんでなァ……やられたままにはしておけねえ。文句はねえな?」

再び覇気《はき》を取り戻した黒蜂が、怒りに顔を歪めながらそう吐き捨てる。

「それから、もうひとつ言っておく」

私をにらみ据えたまま、続けて黒蜂が言い放った。

「テ、、メ、、エ、、と、、は、、たしかに無視できねえ因縁があるが、オレにとっちゃ今のほうがずっと大事だ。そっちも、余計な気を回すんじゃねえぞ?」

やけにもって回ったその言葉は、私に向けられたものに間違いはないだろう。

だがどうしてか、横に立つ明良のほうを意識しているようにも感じられてならなかった。その理由はわからないが。

「わかった。もとより私に遺恨はない」

私が黒蜂と会話している間、明良はスマートフォンを操作していた。

「タクシーを呼ぶことにしたわ。私の車だと三人は乗れないから」

ウェブからの予約をすませた明良が、黒蜂に視線を向ける。

「シュエ。私は、あなたの意思を尊重する。好きにするといいわ」

そして、静かにそう告げたのだった。

さっきの黒蜂の言葉と同じように、なにかを含ませたような言い回しで。


私たちは、明良の呼んだタクシーで県内の斑猫温泉へと向かった。

山深い渓谷にある、ひなびた雰囲気の温泉郷。梅雨時の今はシーズンオフであり、旅行客の姿もなく一帯は閑散《かんさん》としていた。

指定された山奥の旅館に着いたのは、二一時すぎ。すでに私の名前で部屋の予約がされており、宿泊代金も三名ぶんが支払い済みだという。つまり、黒蜂が明良と行動をともにしており、私と一緒にきたことも把握《はあく》されているということだ。

「チッ……人を食った奴らだぜ。こっちの動きは、なにからなにまでお見通しってわけかよ」

鼻白んだ様子で黒蜂がうそぶく。

「お客様が到着されましたら、大露天風呂までお越しいただくようにとの言伝《ことづ》てでございました。先にお着きのお客様は、そちらでお待ちしているとのことのです」

旅館の女将《おかみ》からの伝言を受け取り、私たちはひとまず客間へと案内された。

部屋は一〇畳ほどの落ち着いた和室だった。広縁の向こうには眺めの良い窓があり、しんと静まった山深い渓谷の夜景が広がっている。

「のんきに湯になんぞ浸《つ》かりやがって。ふざけた連中だぜ……上等だ、今すぐ乗りこんでいって片をつけてやらァ」

「それはだめだ。旭姫《あさひ》を人質にとられている。事を荒だててはまずい」

「そんなもん知ったこと――」

ヒートアップする黒蜂《ヘイフォン》の顎先《あごさき》を、伸びてきた白い指先がくいと持ち上げる。

明良《あきら》だった。言葉をさえぎられた黒蜂は、顎をのけ反らされたまま目を白黒させている。

「だめよ、シュエ。ここはアーニャちゃんに従いなさい」

「……ち、わかったよ」

目の前で驚くべきことが起こった。ひややかな明良の一言だけで、あの野獣のように獰猛《どうもう》な黒蜂がおとなしくなったのだ。

まるで猛獣使いである。このふたりの関係については詳しく聞いていないが、いったいどうなっているのだろうか？

「向こうも徹頭徹尾力ずくというわけじゃないでしょうし。最初からそんな喧嘩腰《けんかごし》じゃ、まとまる話もまとまらないわよ？　それより、せっかく温泉宿に招待されたんだから――」

明良は妙に上機嫌になると、部屋に備えつけの浴衣《ゆかた》と半纏《はんてん》を手にとった。

「私たちも、遠慮《えんりょ》なくご相伴《しょうばん》にあずかりましょうか。ね、アーニャちゃん？」

そして、私に向けて四角くたたまれた一着を差し出す。これに着替えろということか。

「そのメイド服のままでいるよりは、ＴＰＯにふさわしいかなと思うんだけど……」

そう言われて、私はあらためて自分の格好を意識した。

さっきよりも落ち着いてきた精神状態のせいか、臨戦態勢の中で忘れていた羞恥心《しゅうちしん》が復活してくる。遅れてじわじわと赤面してしまった。

「ぷッ……そもそもなんでメイド服なんだよ？　今さらながら意味がわかんねェな、オメエ」

黒蜂もまた、そんな私を見てあきれたように失笑していた。

「……うむ。明良の言うことにも一理ある」

いたたまれなくなった私はメイド服を脱ぎ、青い格子柄の浴衣へと着替えたのだった。

だが成人用のサイズ、しかも大きめであったため、どうにも裾があまってブカブカになってしまう。まるで浴衣に着られているかのようだ。紺色《こんいろ》の半纏も同じく、私には大きい。

明良と黒蜂も、ちゃっかり浴衣に着替えている。これで見た目の雰囲気は、完全に旅行気分になってしまった。

「ふふ、パパの服を着てみた子供って感じでかわいいわね……それじゃアーニャちゃん、さっそく露天風呂へいきましょ」

老舗《しにせ》旅館『椿屋《つばきや》』自慢の大露天風呂『龍神閣《りゅうじんかく》』。

自然の渓谷に面した広い浴場に漂うのは、さわやかな檜《ひのき》の香り。

脱衣所で浴衣《ゆかた》を脱いだ私たち三人は、まずは石畳が敷かれた洗い場に入ると、温泉かけ流しの湯を桶でくみ身体《からだ》に浴びる。

そして白い湯気がもうもうと立ち込める、板じきの湯殿へと足を運んだ。

能舞台を思わせる、四方を太い角柱で支えられた屋根のある広い空間だった。壁はなく、白木の欄干《らんかん》のすぐ向こうに見えるのは青黒い夜に沈んだ山と谷。数十メートル下を流れる渓流の音が、ごうごうとここまで聞こえてくる。

「ようこそお越しくださいました、アンナさん──それにお連れのお二方は、黒蜂《ヘイフォン》さんとフリーランスの久里子明良《くりすあきら》さんですわね。久里子さんが関わったいきさつについては、ここにはいないペルシスさんから聞いております」

床下に掘り下げられた、ちょっとしたプールばりの広さを持つ木造りの湯槽《ゆぶね》。

その湯に豊かな胸までつかったペムプレードーが、やってきた私を見て薄く微笑《ほほえ》む。

だが私の視線はその隣だけを見ていた。

同じく肩まで湯につかっている、旭姫《あさひ》の姿を。私を見つめる彼女の表情は読めなかった。

「ペムプレードー、貴様……」

私はペムプレードーの顔をじっと見据える。

「どうぞ、お入りください。良い湯加減ですわよ？　文字どおりお互いに裸同士、すべてを見せあっての会談というわけです」

「鼻血が出ているぞ」

そして、誰が見ても一目瞭然《いちもくりょうぜん》な事実を指摘した。

「………？」

時が止まった。

やがてペムプレードーが、鼻孔《びこう》からたらりと垂れる一滴の鼻血にようやく気づいた様子。

「うわ」

あわてて、湯槽《ゆぶね》の縁に置いてあったタオルで顔をふいている。いや、うわ。はこちらのセリフなのだが。

仮にも『邪悪』の名を冠する魔女ともあろう者が……この前の公園のときもそうだったが、これはどうした醜態《しゅうたい》なのだ？

「……失礼いたしました。わたくしとしたことが、天使との混浴で興ふ――いえ、少々湯にのぼせてしまったようですわね」

再び平静を取り戻したペムプレードー。隣でそれを見る旭姫《あさひ》の視線は、気のせいか冷たく見えた。

私はそれをよそに、湯槽に足を踏み入れ全身を浸した。明良《あきら》と黒蜂《ヘイフォン》も、それぞれ私の左右でそれにならう。

「そちらの指定どおり私はやってきた。旭姫を連れて帰らせてもらうぞ」

全身にじんわりと広がる湯の温かさ。それを感じながら、私は本題に切りこんだ。

旭姫を人質にとられている以上、一筋縄ではいかぬ厳しい交渉《タフ・ネゴシエイト》が待っているだろうと思われる。私はペムプレードーの返答をじっと待った。

「ええ、構いませんわよ?」

だが。ペムプレードーから返ってきたのは、まさかの一言。

いざとなれば腕ずくでも……と思っていただけに、拍子抜けというしかない快諾ぶりであった。とはいえ、争わずして目的が達成されるならば問題はない。

「ただし、旭姫さんのご意思次第ですが」

私は、ここで会ってからまだ言葉を交わしていない旭姫に視線を移す。

「帰ろう。私は旭姫を迎えにここまできたんだ」

旭姫は私の顔をじっと見返し、そして口を開いた。

「あたしの言うことを良く聞いて、アーニャ」

静かで落ち着いた口調はどこか他人行儀で、私は違和感と奇妙な懐かしさを同時に覚える。

三か月前、旭姫と初めて出会って言葉を交わしたときのことを私は思い出していた。

「ペムプレードーさんの言うように、《グライアイ》の所属に加わって？　そうすれば、世界一の大国がアーニャをずっと守ってくれるわ」

そして旭姫《あさひ》は、信じがたいことを口にしたのだった。

私はただ呆然《ぼうぜん》となるしかない。なぜ、旭姫が自分を誘拐《ゆうかい》した連中に与《くみ》するようなことを……と戸惑い、あるいはという考えに至った。

旭姫がここにいるのは、もしかしたら強制ではなく自分の意思によるものではないかということに。

「……なぜだ、旭姫？　なぜ、いきなりそんなことを……」

旭姫が人質ではないことに安堵《あんど》しつつも、依然として私は困惑するしかない。

「そうすることが、アーニャのために一番良いからよ」

きっぱりと旭姫はそう答えた。今までも時々そう感じてきたような、母親めいた包容力を感じさせる表情とともに。

「ねえ。アーニャはいつまで、今の暮らしを続けていくつもりなの？」

続けて問われた言葉で、自分の周囲に透明な壁が生じたかのような閉塞感を覚えた。

それは今まで見えなかった……いや見ないようにしていた、現実という人が生きる上で常に存在する障害物の感覚。

「無理があるでしょ。こんな、すべてが嘘で塗り固められた生活なんて……いつまでも続けていけるはずはないし、それが壊れたときにアーニャを守ってくれるものは何もないのよ?」

すべてが嘘――旭姫の言葉が胸に突き刺さった。

たしかに、そのとおりではあるのかもしれない。

この三か月、私は現実というごく狭い檻《おり》に囲まれたなかで『日常』を見よう見真似《みまね》で演じつつ、いつの間にか檻の存在すらも忘れて過ごすようになっていた。

ごく当たり前の人間のように、笑ったり涙したりしながら。

だが檻は消えたわけではなく、最初からずっとそこにあり続けている。その外側へいくことはできないし、はみ出せば現実の重力は容赦なく私を押しつぶそうとするだろう。

水底をただようちっぽけな泡のひとつ、その内側で演じてきただけのままごとにすぎない。

遊びの時間は終わりと現実という名の大人が言えば、その瞬間に泡は弾《はじ》けてすべては終わる。

けれど――

「……決まっている」

この胸にうずく真新しい痛み。旭姫の言葉によってつけられたばかりの傷を噛《か》みしめ、私は自分の芯を意識する。

「いつまでだって? いつまでもだ」

すべてが嘘なんかじゃない――

今の私が頼れる、たったひとつのその気持ちを言葉にする。

旭姫《あさひ》と過ごした、ほんの短くも楽しかった毎日。

猫とたわむれる旭姫や小花《こはな》の笑い声が癒《い》やしてくれた、私の心。

たとえ、今のアンナ・グラツカヤが虚構に等しい存在でしかなかったとしても……それらの一瞬一瞬で体験した感情の火花だけは、本物だ。

嘘や偽《いつわ》りじゃなく、今ここにいる私自身を作り上げてくれたものだとはっきり言える。

「私は、これからも旭姫と一緒に暮らし続ける。毎日学校へ通い、小花たちと過ごし、ずっと笑ったり泣いたりしていく。この先だって、いつまでも」

言い放った宣言に、ユキから託された約束の言葉もまた力を与えてくれた。

私自身の掛け値ない真実を乗せた言葉は、ユキの異父妹《いもうと》である旭姫にもきっと届いてくれたことだろう。

「はあ……ありえないわね。論外よ」

しかし旭姫は、ため息まじりの返事をただもらしただけだった。

「どこまで見通しが甘いの？　アーニャの身分は偽装だし、それがバレたら不法滞在の異邦人でしかないのよ？　それに、アーニャがいた《家《ドーミク》》のことを忘れないで。裏切りを許さない非情の組織が、日本で脱走者がこうしてのうのう生きていることをある日知ったら？」

そして、どこまでも現実の代弁者として私を突き放す。

「少しばかり腕が立っても、アーニャはいろいろな意味で無力なのよ。それを守れるのは確実そうして？」

な『力』だけ。ペムプレードーさんのところにいけば、それが手に入るの。だからお願い――

理性では旭姫の言葉を理解している。

しかし、感情がそれを許さなかった。ほんの数か月前であればこの胸にいだくことなどなかった、理不尽で非合理的な情動が拒否を叫んでいる。

「困難が立ちはだかるならば、いくらでも闘う覚悟は持っている。だが、それはこの日常を守るための闘いでなければ無理だ」

シベリアの大地のごとく冷たく乾いた、殺人機械の精神で生きていたかつての私とは違う。大切な人間も、居場所も、思い出さえも……なにひとつ持たなかったがゆえの、あの虚無的な強さは今の私にはないものだ。

「私はもう……今この手の中にある、なにひとつだって失いたくはないんだ。旭姫のことも、ピロシキとの暮らしも。なによりも、ユキが私に託してくれた本当の人生を」

だからこそ、大切に思いつつある日常を奪われることが今こんなにも怖い。

ほんの数か月前の、桜の花咲く季節。一匹の猫の死を悼んで小花と《とも》ともに流した涙が、私から虚無ゆえの強さを決定的に奪ってしまったのだから。

けれど、あの涙がもたらした弱さこそが本当の私自身なのだ。

今は誇りを持ってそう言えるし、言わなくてはならない。小花や旭姫と過ごした時間を、ユキが猫に託した自由への夢を――すべてを嘘にしないために。

「私は……旭姫《あさひ》を絶対に連れて帰る！　そしてまた、ピロシキと三人で一緒に暮らす！」

「アーニャのわからずや！　それじゃだめなんだって言ってるでしょ!?　あたしたち、いつかは元通りの他人に戻らなくちゃいけないんだってば！」

私が示した決意に対し、旭姫もまた声を荒らげてぶつかってくる。その声は泣きそうなほど昂《たか》ぶり、震えていた。

「旭姫の言うことだって、わからない……！　わかりたくないッ！」

旭姫から叩《たた》きつけられる他人《たにん》という言葉に、胸の傷口がさらに疼《うず》きを覚える。

けれど私は、ただ自分を動かす気持ちのままに叫び返していった。

私と旭姫の互いを見据える視線が、白い湯気をへだてて火花を散らす。

ペムプレードーは旭姫の隣で静かに目を閉じ、沈黙を守っていた。

「……ふう、お熱《あつ》すぎて胸焼けしそう。そこまで自分を思いやってくれる人がいるなんて、アーニャちゃんのことが妬《や》けちゃうわね」

重苦しい空気が落ちるその中で、冗談めかして軽やかな声が響く。

「旭姫ちゃんの言うことも正直わかるし、私にも響いたわ。アーニャちゃんのために、本気で考えてあげた結果なんでしょう？」

それまで無言でなりゆきを見守っていた明良《あきら》が、ここへきて会話に加わってきた。

「でもね、旭姫ちゃん。あなたはひとつだけ間違っているわよ？　今のアーニャちゃんは、決して独りじゃないってこと」

明良は、隣にいる私を一瞥《いちべつ》してから再び前に視線を戻す。

「だって私、アーニャちゃんを守ってみせると誓ったんだもの。旭姫ちゃんのお誕生日のときに、ふたりだけの内緒話でね。アーニャちゃんだけじゃ切り抜けられない困難だって、支える人間がほかにいればなんとかなるかもしれないでしょ？」

なんとも楽観的なことを言いながら、明良は不敵な微笑を浮かべていた。

私をはさんで逆側にいる黒蜂《ヘイフォン》が、ショックを受けたような表情でぽかんと口を開ける。

そしてなぜか、私の横顔を殺気に満ちた視線でにらみつけてくるのだった。黒蜂の心理状態はわからないが、なんとなく理不尽さを感じてしまう。

「……どうでもいいがよォ～」

明良の発言に触発されたわけでもないのだろうが、黒蜂もまた不機嫌そうに口を開いていた。

「さっきからコイツの話ばかりじゃねえか。テメエらのほうからクソ田舎まで呼びつけておいて、オレは蚊帳《かや》の外かよ？　面白くねェな」

「あら。これは失礼いたしましたわね、黒蜂さん」

ペムブレードーが困ったような微笑を浮かべ、小首をかしげる。

「決して、ないがしろにしていたわけではありませんの……そうですわね。あなたのご意思も、この機会にあらためて確認させていただこうかしら？　ペルシスさんからは、《グライアイ》への加入は拒否されたとうかがっておりましたけれど」

そして、淑女然として落ち着いた声で黒蜂《ヘイフォン》に問いかけてきた。

それを聞いた黒蜂が、悪意たっぷりの笑みに唇を歪める。

「良くぞ訊《き》いてくれたなァ――それじゃあらためて、お断りさせていただくぜ。ここには、テメエらにお礼参りするためだけにやってきたんだからよォ」

湯面から突き出した右手の甲をペムプレードーへ向け、ピアスが光る舌を見せながら中指を立てる黒蜂。

緊迫した空気が、湯けむりの中に漂う。

その瞬間――

「ッ⁉」

突然、背後に気配を感じた。すばやく振り返るが、そこには誰もいない。

再び前方に向き直ろうとしたとき、真後ろで激しい水しぶきが上がった。

「うぇーいッ！」

そして、すかさずバックから誰かに抱きつかれる。

聞き覚えのある、底抜けに明るい声とともに。

「……エニュオー⁉」

「油断大敵アンナちん、おっぱいゲーット！」

温泉の底から全裸で飛び出してきたエニュオーは、私を背後から抱きすくめると胸をわしづかみにしてきたのだった。

「な……ッ」

そして、ふにふにとそこにあるもの――私のバストをもみしだいている。

「やっべ。めっちゃかわいい、てのひらサイズ！　ねえ、これってペム姉の守備範囲じゃね？」

「いいえ。アンナさんは残念ながら一六歳。選ばれし天使の資格はすでに失っておりますわ」

ペムプレードーが下した意味不明な評価は、どうやら私に向けられたもののようだ。良くわからないが、どことなく悔しい。

明良《あきら》と黒蜂は、そろって一言もなくエニュオーの演じる狂騒を見守っている。

どちらも顔色を失い、戦慄《せんりつ》に肌があわ立っていた。

エニュオーの登場、そして接近をまったく感知できなかったせいだろう。広いとはいえこれだけ見通しが良い湯槽《ゆぶね》の底を、人間がひとり潜って泳いできたにもかかわらず。

この私でさえ、彼女が背後に忍び寄るぎりぎりまで気づくことができなかったのだ。しかも、探知した直後にその裏をかかれてしまった。

もしエニュオーにその気があれば、我々三人ともこの場で全滅していたとしてもおかしくはない。おそるべき隠身《スニーキング》の技術だった。

「……な、なんだテメエッ」

気圧《けお》されながらも、黒蜂《ヘイフォン》がようやく我に返ったかのように声を上げた。

「いきなり出てきたかと思や、アホみてえにはしゃぎやがって……！　女同士で乳もみあってんじゃねえぞ!?」

持ち前の激しい気性で食ってかかるが、噛《か》みつかれたエニュオーのほうは涼しい顔。

「およ？　そういう黒蜂ちゃんもキュッと引きしまった良いパイしてんじゃん……でもさー」

そして、私の胸から手を離すと代わりに両肩をつかんでくる。抵抗する間もなくくるりと半回転させられた私は、エニュオーと正面から向きあう形になった。

「もみあってはいないいっしょ。だからほれ、アンナちんもー」

エニュオーは湯の下で私の両手首をぎゅっと握ると、そのまま自分の胸へと導いていく。

――ぷに。

五本の指と掌《てのひら》いっぱいに、反射的につかんでしまったエニュオーのそこの感触があふれかえった。

「お、おお……」

女性の胸をもむ、という行為は初めてのことだ。自分のものとは明らかに違う豊かな量感。

そして、意識ごと吸いこまれるようなやわらかさ。未体験の「触《しょく》」の快楽に、脳内麻薬成分が分泌され恍惚《こうこつ》となってしまう。

「これで仲良くもみあいになったねー。んにゃははっ。アンナちんのもみ方、くすぐってぇー！」

楽しそうに笑っているエニュオーを横目に、明良《あきら》が困ったような苦笑を浮かべた。

「あはは……女の子のおっぱいをもむのは楽しい、という意見には賛同するけど……あなた、なにか言いたいことがあって出てきたんじゃない？」

ごく冷静なその指摘に、エニュオーがハッと真顔に戻った。明良に向けたグリーンの瞳がキラキラと輝いている。

「ショートのお姉さん、超クール……やべ、惚《ほ》れたかも」

「ブッ殺すぞテメエ!?」

目を血走らせて前に出ようとする黒蜂を、私は片腕を伸ばして制した。これ以上、話が脱線してもらっては私も困る。

「でさー。ぶっちゃけあたし、アンナちんと旭姫《あさひ》ちんのガチなやり取りに感動しちゃったんすよねー。正直、もう結婚すればよくね？とか思ったしー」

そう言うと、エニュオーはペムプレードーのほうを向いた。

「ねえペム姉、どうしよ？　あたし、どっちにも味方したい気分なんよねー」

この場にいる全員の視線が、金髪の作戦担当官《ケースオフィサー》へと集まっていく。

無言の時間が流れたのは、果たして何秒の間だったのだろうか。

やがて白い湯気の中に、彼女の声が静かに流れ出す。

「……わかりましたわ。要するにエニュオーさんは、わたくしにこうおっしゃっているのね？　自分の心情的にはアンナさんの意思も尊重したいものの、立場上からそうもいかない。そこで、可能な限り誰もが納得のいくような形で決着がつく采配《さいはい》をわたくしに求めたい――と」

「そうそう、それそれ！　そーいうこと！」

無邪気な嬌声《きょうせい》を上げるエニュオーに苦笑しつつ、ペムプレードーは鷹揚《おうよう》にうなずく。

「また破天荒な無茶ぶりをいたしますのね。それもまた、エニュオーさんらしいといえばらしいのですが……」

切れ長の美しいバイオレットの瞳が、すうと煙るように細められた。

その奥にある思考は、権謀術数うずまく国際謀略の世界を生き抜いてきたエージェントのもの。決して情に溺《おぼ》れた決断を下すことはないだろう。

やがて、濡《ぬ》れた蜂蜜色《はちみついろ》の長髪をかきあげながら。ペムプレードーが、ついに口を開いた。

「そうですわね……まず旭《あさ》姫さんの望みは、アンナさんの将来にわたる安全保障。社会的にも身体的にもあらゆる危難が及ばぬよう、彼女にCIAパラミリという業界大手への就職をしてもらいたい――と。その健気《けなげ》なやさしさに、わたくしも大いに心を動かされましたわ」

慈《いつく》しみに満ちた眼差《まなざ》しで隣の旭姫を見つめてから、正面の私へと視線を移す。

「対してアンナさんの主張は、かつてご自分が属していた、暗殺や国家権力がらみの陰謀劇といった非情の世界へ復帰することを拒むというもの。静かで平穏に暮らしたいというその願望は、人としてなにも間違ってはいない、とても常識的なものだと言えるでしょう」

ですが――と続くペムプレードーの声が、その温度と質感を静かに変えた。

「それはあくまで、無辜《むこ》の一般人としては……という条件つきの正しさであり常識です。アンナさんの特殊な立場と来歴を考えた場合、まったく現実的ではないと断じざるをえませんわ。むしろ今までの一日一日が、いかに薄氷を踏むような危うさと幸運によって支えられてきただけかとも言えますわね。端的に言って、この世の道理に反しております。よって、現実的な正しさという面では旭姫さんの主張のほうに軍配が上がるでしょうね。わたくしとしても、旭姫さんの決断を支持し実行に移す所存です」

やはり決裂か――全身の血管を緊張《アドレナリン》が走り抜ける。

最悪の事態に備え、私の心身は自動的に戦闘態勢へと移行しつつあった。撃鉄を起こされた銃が、弾丸を薬室内へと押し上げるがごとく。

優先すべきは、なにを置いても旭姫の身柄と安全の確保。エニュオーの妨害が想定されるが、明良《あきら》と黒蜂《ヘイフォン》の支援《アシスト》はどこまで信頼が置けるだろうか――

「ですが」

私の意識を雷鳴のように打ちすえたのは、さっきと同じペムプレードーの厳粛な一言だった。

私を映すバイオレットの瞳は、どこか遠くを見るような光を帯びていた。まるで、懐かしい記憶を反芻《はんすう》してでもいるかのように。

「この世の道理など知ったことか――そうとばかりに無茶を通そうとするアンナさんの気概は、わたくし大いに気に入りました。旭姫《あさひ》さんの示すやさしさと、同じぐらいに」

「ちょっ、ペムプレードーさん……!?」

あわてたように、旭姫が金髪美女の横顔を見上げた。

「あわてないでくださいね、旭姫さん。あなたの決断を支持すると言いましたでしょう？　わたくしはあくまで、アンナさんをあきらめたわけではありませんの……むしろ将として、より幕下に欲しくてたまらなくなりましたわ」

ペムプレードーの、彫刻のように白く優雅な右腕が持ち上がる。そしてまっすぐ伸ばした人さし指が、銃口のごとく私を照準した。

「わたくしペムプレードーことロザリー・フェアチャイルドが、アンナ・グラッツカヤに問いましょう――この世の道理に叛逆《はんぎゃく》する、その覚悟。もし不屈の強さを持つものならば、現実の『力』をもって我々《グライアイ》を相手に貫いてみせるがよろしくてよ」

「なに……？」

ペムプレードーから突きつけられた、厳《おごそ》かな響きを帯びた言葉。その意味を私は噛《か》みしめる。

それは、つまり……

「決闘です。この場にいるわたくしとエニュオーさんのほか、今回日本へ帯同したペルシスさんを加えた我々三人。それとあなたとの総力戦で決めましょう」

やはり、そういうことであるらしい。というよりも、これはペムプレードーから私に与えられた試練だ。

いかなる現実の『力』が襲いかかろうと、この日常を守らんとする決意。私の放ったその言葉が本物かどうか、端的な実力行使によって試してやろうということか。

「この温泉郷から二キロほど川をさかのぼった上流に、龍神峡《りゅうじんきょう》という険しい峡谷があるそうですわ。わたくしはその奥地にある『龍頭《りゅうず》の滝』にて先にお待ちしています。決闘のルールは……まあ、出会ったときに双方合意のもとで決めればよろしいでしょう」

私の隣で水音が鳴る。黒蜂《ヘイフォン》が腰を上げていた。その双眸《そうぼう》はすでに、抜身の刃にも似た殺気にぎらついている。

「オレも参加させてもらうぜ。もともと、テメエらのツラに一発かましてやるためにここまできたんだからなァ。異存はねェな？」

「もちろんですわ。これで三対二――」

「三対三よ」

ペムプレードーの返事が終わらぬうちに、明良《あきら》が声を発していた。

「アーニャちゃん、それでいいわよね？　いつかは私があなたに助けられたけど、今度は逆。これで貸し借りはなしってことで」

穏やかな口調ではあったが、有無を言わせぬ決意がその語気には宿っている。

「うむ。では、今度は私に手を貸してもらおう、明良《あきら》」

こちらとしても、それは望むところ。明良に向けて返事をすると、今度は近寄ってきたエニュオーから両手を握られた。

「いつかの続き、マジ楽しみにしてるから。今度はガチで闘《や》ろうね、アンナちん！」

その声も表情も、あっけらかんとしてどこまでも明るい。だが私は、爛々《らんらん》と輝くグリーンの瞳に早くも戦慄《せんりつ》を覚えていた。

学校屋上での前戯《たわむれ》で垣間《かいま》見《み》たエニュオーの戦闘力は、あくまでもほんの片鱗《へんりん》にすぎない。全開されたその猛威を受け止めることを想像しただけで、鳥肌が立つ。

だが私は、それでも勝たなければならない。いや、必ず勝つと自分にあらためて誓った。

ふと、旭姫《あさひ》の顔を見やる。彼女もまた、私のことを見ていた。

先に視線をそらしたのは、旭姫のほうだった。うつむいたその顔は、どこか悲しそうに見える。胸に切ない痛みが走った。

一夜限りのこととはいえ、旭姫と敵陣営同士になってしまった流れ。そして旭姫の思いやりを拒まなくてはならない皮肉。

ままならぬそれらの巡りあわせに、心が苦しさで窒息《ちっそく》しそうになる。

けれど、それでも。

私は自分が信じる幸せのあり方を守るために、同じく私の幸せを願ってくれる旭姫とぶつかりあわなくてはならないのだ。

すべてを決する試練のときは、今夜これからすぐ——


夜の山に落ちる深い闇を、蒼《あお》いハイビームの光がまばゆく切り裂いていった。

起伏に富んだ悪路も四輪駆動の力強いトルクはしっかりとつかまえ、難なく踏破していく。

山道を走るランドクルーザーのハンドルを握るのは、眼帯のペルシス。後部座席にはペムプレードーと旭姫の姿があった。

「ペムプレードー姉様にしては、やけに戯《たわむ》れがすぎる作戦方針を選ばれたのですね……エニュオー姉様の単独行動を許し、戦力を分散させたのも正直不可解です。いつもの完璧な姉様の采配《さいはい》とは、少々かけ離れているような……」

隠せぬ不満が、ペルシスの声にはにじんでいた。それを耳にしても、猫《シルヴィ》の毛をなでるペムプレードーは穏やかな微笑を崩さない。

「エニュオーさんは待ちきれないようでしたから、一番槍《いちばんやり》をおまかせしましたわ。それに、これから行うものは、宣言したとおり軍事行動ではなく互いに納得をつけるための決闘です。後に仲間となる者同士、遺恨を引きずるようになっては本末転倒ですから」

エニュオーは、ここへ至るまでに通ったポイントの一つである架橋の上でアンナ一行を待ち受けることになっていた。出会った後でどのような流れになるのかは、当事者たち次第ということになる。

「わたくしのいだく大望は、わたくしが現役のうちはきっと叶《かな》わないでしょう。それほどの大きな夢だからです……ゆえに、後継者は今から見定めておかねばなりません」

「後継者？　姉様、まさかあのアンナ・グラッカヤを——それほどまでに評価しておられるとおっしゃられるのですか……？」

「能力だけではなく人間としても、わたくしは彼女を買っています。この世の道理に屈さないあの魂こそが、わたくしの夢を継ぐ資格。ただし……果たして彼女が、何も失うことなく幸せを手に入れることができるのか。ただ手放したくないという子供じみた想いだけでは、大切なものを守ることはできませんわ」

そう言い告げた後、ペムプレードーの眼差《まなざ》しは遠い彼方《かなた》を見るような光を帯びた。

「ふふ、皮肉なものですわね……かつてそれによって幸せを失ったわたくしが、何より憎むものを体現する悪役を演じることになろうとは。もっとも、それでこそ邪悪の魔女《ペムプレードー》の名にもふさわしいとは言えますが……」

そして、自嘲《じちょう》するようなつぶやきとともに口をつぐむ。

ペルシスの隻眼《せきがん》に浮かんだ底暗い光は、嫉妬《しっと》である。彼女は感情を言葉にはせず、ただ指が白くなるほどハンドルを強く握りしめた。

「それと、ペルシスさん。どうやらあちらの黒蜂《ヘイフォン》さんは、あなたに痛くご執心の様子。彼女のお相手はあなたに一任してもよろしくて？」

「……はい。姉様の下命とあれば、是非もなく。ただ今宵の私、少々自制が利きそうにもありませんが」

よって、今度こそ殺してしまっても構いませんね──と、続く本音をペルシスは呑《の》みこむ。

一方でペムプレードーの意識は、ずっと無言が続く旭姫《あさひ》へと向けられているようだった。

猫のシルヴィと戯《たわむ》れるふりをしつつ話しかけても、心ここにあらずといった様子の旭姫。闊《かっ》達《たっ》なこの少女らしからぬ態度だった。

「賽《さい》は投げられたのです、旭姫さん。そうであれば、悩みはいたずらに心を病ませるだけですよ？　あなたの思いやりは、きっとアンナさんにも通じております。ご安心なさい」

猫をなでる手つきと同じぐらいやさしげな呼びかけに、旭姫が初めて顔を上げてペムプレードーのほうを向いた。

「本当にそうなのかな……？　ならどうして、アーニャはあたしの言うとおりにはしてくれなかったの？」

その語気は、今にも消え入りそうに消沈している。

「旭姫さんの願うアンナさんの幸せ。アンナさんが望む自身の幸せ。それぞれの形が、ほんの少しだけ噛《か》みあわなかった結果にすぎません。だからふたつの幸せが重なるよう、これからすり合わせをしていくのですよ」

「なんでこうなっちゃうんだろう。あたしがしていることって、ほんとに正しいのかな？　あたしだって、ほんとはアーニャとずっと一緒に――」

旭姫《あさひ》は言葉の最後を呑《の》みこむと、ただ大きな瞳を潤ませる。

ペムプレードーは猫からその手を離し、隣に座る旭姫の小さな頭にそっと置いた。

「あなたは健気《けなげ》でやさしい子ですのね……そんな旭姫さんに愛されているアンナさんが、正直うらやましくも感じますわ」

慈《いつく》しむように旭姫の長い髪をなで、それからその顔をまっすぐにのぞきこむ。

「けれど、旭姫さん……人はなにかを望めば、自然に誰かとぶつかりあうようになっているものですよ。大事なのは、ぶつかりあったそのときに自分の負い目のなさを信じられること。それが、いわゆる覚悟というものです」

「覚悟……」

「そう、覚悟です。ただの欲やわがままとの一線を画すもの。それを自分に持てなければ、願いに貫く重みは宿りません……旭姫さんは、アンナさんと別れてわたくしのもとへ送り出すことに、悔いや負い目はもうありませんね？」

ペムプレードーの口調は慈母のごとく穏やかだったが、投げかけられた言葉の意味は容赦のないものだった。旭姫の中に残った、一片の未練。それさえも許さないと言っている。

果たして、旭姫は……

「うん、もう大丈夫。アーニャのこと、どうかお願い――」

一息にそう告げながら、ちいさな胸を両手でそっと押さえていた。

まるで見えない傷が、そこに深く刻まれたとでもいうように。

ペムプレードーはもうなにも言わず、ただ両の腕で旭姫の身体《からだ》をかきいだく。そして、己の豊かな胸へと抱擁《ほうよう》するのだった。


真夜中の渓谷には、流れる川の水音だけが轟々《ごうごう》と木霊《こだま》していた。灰色に濁《にご》った夜空は厚い雲に覆われ、ぼんやり浮かぶ色あせた半月が地上の暗さを際立たせている。

私――アンナ・グラツカヤは、龍神峡《りゅうじんきょう》の険しい山道を上流へ向かって歩いていた。

かたわらには久里子《くりす》明良《あきら》、そして黒蜂《ヘイフオン》の姿も見える。

旅館を出発してから、もう小一時間ほどは歩いていた。車輛《しゃりょう》で先行したペムプレードーたちは、もう龍頭《りゅうず》の滝に着いているころだろうか。

無言で歩を進める私たちの前に、やがて渓谷に渡されたアーチ型の架橋が見えてきた。

そして——

「思ったより早かったじゃん？」

その橋の上にたたずむ、赤い髪の少女。

小麦色の肌に映えるグリーンの瞳を月明かりに光らせ、エニュオーがこちらに笑顔を向ける。

「なるほど、塔の番人ってわけね。この先へ進みたければ私を倒していけ、というやつ」

わざわざ単身で待っていたエニュオーを前に、明良《あきら》が苦笑を浮かべた。

たしかに、まるでカンフー映画や少年漫画の展開を思わせる芝居がかった趣向だ。だが、よりによって塔の一階にいきなり最強の敵が待ち受けていようとは。

「そういう趣向なら、こちらも一対一で受けるのが筋よね。ここは私がいくわ」

「待て、明良」

進み出ようとした明良を、私は視線で制する。

「エニュオーの実力はもう見ているはずだ。明良では絶対に勝てない。私がやる」

きっぱりとそう断定する。どちらとも手を合わせたことのある私だからこそ、両者の力量差は実感として理解できた。

同じ条件下で闘うならば、八対二かそれ以上の確率で明良に勝ち目はないだろう。CIAパラミリの精鋭兵士《エリートコマンド》と民間の殺し屋とでは、それだけの明確な格差が存在する。ましてエニュオーは、人間離れした反射神経と身体能力を持つ異能の戦士だ。

「うん、知ってる」

しかし明良は、事もなげにそう返す。

「でも、アーニャちゃんには大事な大将戦があるでしょ？　シュエは最初からリベンジマッチにしか興味ないようだし。となると、フリーなのは私だけってことになるのかなって」

制止した私を追い越し、明良はさらにエニュオーへ向けて歩を詰めていく。

「それにダメ元でも、桂馬《けいま》あたりで相手の飛車角《ひしゃかく》が獲れたらめっけものじゃない？　……アーニャちゃんには、将棋のたとえはわかりにくいか」

「あれ？　アンナちんじゃなくてショートのきれいなお姉さんがやるの？　マジで？」

「ええ。マジよ――さ、二人は先へいって」

エニュオーの視線は戸惑いがちに、通過していく私と明良の双方をせわしなく往復していた。

「ん、おけ――それじゃアンナちん、また後でねー！」

明良との間にある実力差は、すでにエニュオー自身も感覚的に把握《はあく》しているようだ。自分でも意識せぬうちに、明良に勝った上で私と闘うことを前提に話している。

だが現実的に、そうなる可能性は濃厚だ。果たして明良には、なにかはっきりした勝算でもあるというのだろうか？

黒蜂《ヘイフォン》もまた、私に続いて先を進み……明良の横を通過するところで足を止めた。

「なァ、明良。オレは頭があまり良くねぇ」

そして、前を向いたまま口を開く。

「なんとなくだけど、そんな気はしてたわ。はい、それで？」

「だから、人の話は最低二度聞かなきゃすんなり呑《の》みこめねェんだ。さっき出かける前にアンタがオレに言った話、後でもう一度聞かせてくれよ？　絶対になァ」

そうつぶやいた後、明良《あきら》の横顔にどこか挑むような視線を向けた。

「ふふっ……そんな真面目《まじめ》な顔して大げさなこと言うの、やめてくれない？　まるで今生《こんじょう》の別れか死亡フラグみたいで、笑っちゃうでしょ」

いかにもおかしそうに、明良が軽く噴き出す。

「見てのとおりお互い武装もしていないんだし、なにも命まで張って殺しあうってわけじゃないわよ。往生際《おうじょうぎわ》は良いほうだから、負けそうになったらすぐに参ったするつもりだし」

明良はあくまで飄々《ひょうひょう》と、そんな黒蜂《ヘイフォン》の口舌を受け流していた。どこか噛《か》みあわないやり取りの後で、黒蜂は怒ったような早足で私を追い抜き先へと歩いていく。

「では、明良。この場はまかせたぞ」

エニュオーと明良をその場に残し、私たちは架橋を渡って川を越える。

そして上流へ至る山道を三〇分ほど進んでいくと、前方にまた幅の広い渓流とそこに架けられた第二の橋が見えてきた。

「塔の番人、二人目というわけか……初めて見る顔だが、おまえは知っているのか？　黒蜂」

「ああ、知っているともよ。ヤツの相手はこのオレだ」

橋の中央には、クラシックな漆黒のゴス衣装をまとった少女が立っている。

ショートボブに切りそろえた黒髪に、左目の眼帯。蒼白《あおじろ》い顔と不健康そうな目の下のクマが目立つ、陰気な印象がある。

「お目にかかれて光栄です、アンナ・グラツカヤ様。私は《グライアイ》の一員、ペルシスと申します」

そちらに近づいていくと、眼帯の少女は私のほうへ向け慇懃《いんぎん》に一礼した。

「アンナ様のみ、どうぞこの橋をお通りください。ペムプレードー姉様がお待ちでございます」

私が歩を進めていくと、ペルシスは端へと退き道を譲《ゆず》る。そして私の通過を確認すると、気だるそうにため息をついて再び進路をふさいだ。

通りすぎてきた背後で、すさまじい殺気の渦が流動する無言の気配。黒蜂とペルシスとの間で交わされる応酬《おうしゅう》だ。私はそちらを振り返ることなく、ただ渓谷に渡された橋を渡り山道を登っていった。

やがて、前方から地鳴りのような低い音が聞こえてくる。

その音は一歩ごとに大きくなっていき、やがて一帯を呑みこむような滝飛沫《たきしぶき》の轟音《ごうおん》へと変わっていった。

行く手の樹林がとぎれ、視界が急速に開ける。

目に飛びこんできたのは広い夜空と、その下の断崖《だんがい》から垂直に落下する雄大な瀑布《ばくふ》。轟々《ごうごう》たる水音は、そこから聞こえてきていた。

大きな沼ほどもありそうな滝壺《たきつぼ》が見え、その周囲は鋭角に切り立つ峻険《しゅんけん》な岩壁になっていた。私のいる地面から滝壺の水面までは、優に一五メートルを超える高さがある。

ここが龍神峡《りゅうじんきょう》の終点、龍頭《りゅうず》の滝に間違いないだろう。

「ようこそ、アンナさん」

私の右手奥の林から、声とともにペムブレードーが進み出てきた。

「旭姫《あさひ》はどこだ?」

「車の中に残っておりますわ。わたくしたちの決闘を見たくはないようで」

さっき見た、旭姫の悲しげな顔が意識に浮かぶ。胸にまた小さな痛みが走るが、私はそれを無視して顔を上げた。

「希望する武器はありますか?」

「いや、私は素手でいく。そちらを必要以上に殺傷する意思はない」

私は腰の背面に帯びたカランビットを鞘《さや》から抜き、草むらへと投げ捨てた。

「承知いたしました。それでは、こちらも徒手格闘にて応じさせていただきますわ」

ペムブレードーもまた、所持していたG19《グロック》とクリスリーブのシースナイフを放棄《ほうき》する。

轟々と飛沫をあげて落ち続ける瀑布《たき》を、私は左に。ペムブレードーは右手側に臨みながら、一〇メートルほどの距離をはさんで対峙《たいじ》する。一帯は広く開けた草地で、足をとられるような起伏もない。

「それでは、始めるといたしましょう」

ペムプレードーは、袖をとおさず肩にはおっていたサマーコートをふわりと脱ぎ捨てた。

その下には、シックな黒一色のダークスーツをまとっている。これが彼女の正装といったところか。そして両の手には、レザースキンの黒手袋。

私は自前の戦闘服《メイド》に素手のまま、交戦開始に備え全身を脱力させた。両手を下ろした自然体で、相手の出方をうかがう。

ペムプレードーもまた、私と同じく一切の構えはとっていない自然体だ。

特定の構えをとることでの、一定の範囲内における攻防の反応速度を上げる効果はたしかに存在する。だがデメリットとして、全局面を想定した柔軟な動きはどうしても損なわれてしまう部分があった。

そして、対するのは初めて拳《こぶし》を交える未知の相手。どんな展開が待つのかわからない以上、あらゆる局面を想定しないわけにはいかなかった。

「きませんの？　……なるほど、受けからの展開に重きを置いた攻撃的防御があなたの真髄《しんずい》ですのね。実に武術的な思考ですわ。エレガントと言わせていただきましょうか」

ペムプレードーがうっすらと微笑《ほほえ》む。そして。

「それでは、わたくしから参りましょう」

下草を一足ごとに踏み鳴らしながら、ペムブレードーが私との間合いを詰めはじめた。

相手の戦術が未知数なのは、奴にとっても同じはずだ。それにもかかわらず、あまりにも無造作にして堂々たる前進ぶりだった。

だが私は、威圧されてこちらから動かされることなく奴を待ち続けた。

相手の呼吸で仕掛けることを余儀なくされた攻撃は、例外なく精度が落ちる。それこそ、狙いすましたカウンターの好餌《こうじ》となってしまいやすい。

ペムブレードーの前進は止まらない。まるで帝王には防御など不要とばかりに、ノーガードの姿勢も健在だ。

威風堂々と言えば聞こえはいいが、あまりにも無策すぎるようにしか見えはしない。

もちろん、そんなことはないだろう。ペムブレードーの格闘戦における実力は不明だが、こうして歩く姿勢だけからでも身体的なバランスの良さは伝わってくる。また、技術的にも決して素人《しろうと》ではないはずだ。

エニュオーのような異能の反射神経こそ備わってはいないだろうが、ただ正面から愚直に攻撃してくるだけとは思えない。必ず、なんらかの手を隠し持っているはず。

そしてペムブレードーが前進を止めない以上、数秒後には相手の攻撃が届く距離に否応なく入ってしまう。

私は瞬時に決断を終えた。

それは先手をとっての迎撃。相手の呼吸で仕掛けるタイミングにはなるし、間違いなくカウンターが待っているだろう。

しかし、私の攻撃は出してから自在に変化させられる。黒蜂《ヘイフォン》を仕留めたときに見せた、パンチから捕獲技《トラッピング》への連携のように。いわば先手と後手の順序をシャッフルし、カウンターに対するカウンターをあわせることができるのだ。

果たして、間合いに入ったペムプレードーへ向けて私の右拳《みぎこぶし》が放たれていた。

それに対し、ペムプレードーがアクションを起こす。カラテのように左腕の肘《ひじ》から先を外角に回転させ、私の右パンチを受け弾《はじ》いて外側へ流そうとする。

私は刹那《せつな》、拳から開いた指へと右手の動きを変化させた。ペムプレードーの左上腕の手首付近をキャッチし、手前下方向へと引っ張る。打撃から組み・崩しへの後手からの変化だ。

強制的に重心を崩されたペムプレードーの身体《からだ》は、がくんと大きくつんのめり――

私の顔面に、突如《とつじょ》として鉄拳がめりこんでいた。

「なッ……!?」

なにが起こったのか理解できなかった。

顔筋と鼻骨がスローモーションで歪み、ゼリーのように弾性を発揮しひしゃげていく。視界いっぱいに、黒い手袋に包まれた何者かの拳《こぶし》が映る。

左だ。

私の右手につかまれ自由を奪われているはずの、ペムプレードーの左腕。そこから放たれた矢のように美しい直打《ストレート》が、私の顔面を正確に撃ち抜いたのだ——ありえないことに。

「ぐぁ……ッ」

私は衝撃で後方へのけぞらされながらも、その勢いを利用して後方への宙返りを打つ。同時に蹴《け》り上げを放ち、追撃に対する盾とした。

一回転蹴りは空を切り、後方へトンボを切った私は着地。視神経は前方へ集中し、残心の形をとるペムプレードーの姿をとらえた。

私は訓練により培《つちか》った習性で呼吸を整え、パニックに陥《おちい》りかけた交感神経を瞬時に鎮静《ちんせい》させた。あふれ出ていた鼻血もぴたりと止まる。


（私は、夢でも見ていたのか……？）

直前まで演じたはずの攻防はすべて幻。私はペムプレードーの使う謎の超催眠術にかかり、そのように思いこませられていた……などという馬鹿げた考えが一瞬浮かぶ。

いや、あれは間違いなく現実に起こったことのはずだ。

私はたしかに、ペムブレードーの左腕をキャッチして制したはずだった。それなのに、現実がそうなっていないのはどうしてだ？

奴の左腕は自由なままで、私への拳によるカウンターを炸裂《さくれつ》させた。

信じがたいが、それが現実。まるで認知機能がバグを起こしたかのようだ。自分自身の行動が信じられず、幻覚ですべてを片づけたくなる誘惑に駆られてしまう。

遅れて、くらり……と、酔ったように視界があいまいに揺れた。

見えない打撃を効かされ、頭蓋骨内の脳が震盪《しんとう》させられたのだ。まずい――と私は奥歯で舌を噛《か》み、その激痛で無理やり意識を覚醒《かくせい》させた。

得体のしれない一撃で受けたダメージは、心身ともにそれなりに大きい。自分を疑う弱気を、私は闘志をかき立てることでねじ伏せていく。思考は高速で回転し、打開の道を暗闇に見《み》出《いだ》そうとしていた。

さっきの謎は、間合いにあったのかもしれない――と、ひとつの仮説が浮かび上がる。

双方が接触していない状態での攻防、つまり打撃戦においては距離感がすべてを支配すると言ってもいい。

互いの目の高さ、歩幅の広さ、手足の長さといった諸要素によって三次元的に決定される彼《ひ》我《が》の「空間」をいかに先につかみ、支配するのかが打撃戦の要諦《ようてい》だ。

そしてペムプレードーは、その空間把握力《はあくりょく》を操作する視覚的トリックで私に錯覚を起こさせたのかもしれない。あくまで仮説にすぎないが、可能性の一つとしては考えられる。

「さすがですわね、アンナさん。今の攻防を経て、まったく冷静さを失っていないとは」

ペムプレードーが、距離をとった私に対し再び前進をかけてくる。そして今の言葉から、奴がなんらかの攻撃を仕掛けてきている事実だけは確信できた。

私は前に出てくるペムプレードーに対し、ふわりと身を沈めながら近づき自分から距離を消し飛ばす。ゼロ距離へと——タックルによって抱きついたのだ。

つまり、仕掛けたのは打撃戦《ストライキング》ではなく密着戦《グラップリング》。距離を必要としない攻防の上でなら、空間把握力は不要になる。距離感という視覚は欺《あざむ》けたとしても、肌と肌で触れあう触覚までも騙《だま》すことはできないはずだ。

ペムプレードーの腰に組みつくと、クラッチした両腕の輪の中に彼女の体軸を閉じこめる。そしてぐるりとその輪をたぐり、一秒の遅滞もなくバックにすばやく回った。

私の両脚はすでにペムプレードーの下半身に絡みつき、脚を刈って転倒させながら空中で背後からの裸絞め《リアネイキッドチョーク》を完成させている。白い首筋の下にある頸動脈《けいどうみゃく》を私の腕が締め上げ——

私ひとりだけが突然、地面に手をついて四つん這《ば》いになっていた。

「――うあッ!?」

私のあげた叫びは、間違いなく恐怖によるものだった。

かつてない未曾有《みぞう》の恐怖が魂を喰《く》らい尽くし、誇りも見栄もなく生物としての純粋な反射行動を私にさせていた。

同時に、後頭部へ固い衝撃。ありえないことに、真上からの踏みつけだった。私と同体で引き倒され地面に寝ていなければおかしい、ペムプレードー。奴はなぜか、何事もなかったかのように立ったままでいるのだ。

私が完璧に極《き》めたはずのチョークも、当然ながら彼女を絞め落としてはいない。

踏みつけによって顔面が地面に叩《たた》きつけられ、身体《からだ》ごとバウンドして浮き上がる。

その痛みが、私にかろうじてなけなしの現実感を残してくれた。背中を向けた私へ追撃にくるはずのペムプレードー。その気配を勘頼りに探り当て、転倒しながらの蹴《け》りを後方へ放つ。

その私の左脚がキャッチされ、万力《まんりき》ではさまれたかのごとく動かなくなった。

ペムプレードーの両脚が私の左脚に絡みつき、股《また》の間でこちらの膝《ひざ》をきつくロックしている。足首は、彼女の腋《わき》の下に抱えられていた。

雑な反撃でカウンターの関節技《サブミッション》をとられた。まずい――と身体をひねって脱出しようとする。

その瞬間、左足首にボルトクリッパーで切断されたような激痛が走った。

「ぎッがあッはあァァァアッ!?」

ありったけの空気を肺から吐き出し、私は脊髄《せきずい》反射で絶叫する。

アキレス腱《けん》固め。サンボ――ロシア発祥の組み技格闘技の、足首の靱帯《じんたい》を破壊する関節技だ。

「うがあああァァアッ!」

激痛の火花が神経を駆け巡る中で、私は本能のまま目の前にあるペムブレードーの足首をつかみ逆にひねろうとする。が、苦しまぎれの逆襲はやはり通じない。奴はするりと抜け出すと、再び距離をとって立ち上がった。

ここで、片足一本を奪われるという痛恨のダメージ。

脂汗を流しながら、私は両手と動かせる右足でどうにか這《は》いずり、片膝立ちまで体勢を戻す。

靱帯が断裂したのかどうかは不明だが、左足首はブラブラしており力がまったく入らない。

絶体絶命の窮地《きゅうち》と呼ぶにもまだ生ぬるい、最悪の状況であると言えた。

脳裏には、激痛さえ忘れさせる不可解だけが渦巻いている。

なぜ、想定どおりに運んだはずが何事もなかったかのようになっている?

なぜ、確実に技を決めたはずなのに現実がそうなっていない?

そう――

「まさ、か……」

突如《とつじょ》として襲ってきた想像を絶する理解が、私を戦慄《せんりつ》で打ちのめす。

答えはもう、それ以外に考えられない。

私は最初からペムプレードーの左腕を獲れてはいないし、バックからの首絞《チョーク》めを彼女に極《き》められてもいない。さっき私が体感したものは、やはりすべてが錯覚でしかなかったのだ。

より正確には、現実にならなかった可能性の幻影に溺《おぼ》れていたと言うべきだろうか。

ある行動が成功するかしないかの二つの世界は、何%かの確率の違いによって分岐する。

ペムプレードーはなんらかの手段によってその行動の分岐ポイントを見極め、必ず良いほうだけを選択することができるのだ。言い換えれば、私から受けた攻撃を確実に無力化させ、自分の攻撃は絶対に成功させる方法《マジック》を使っている——ということ。

さっきの二度におよぶ錯覚は、そのあまりの異常さと巧妙さに私の認識がついていけず吐き出したエラー。私はここではない世界では決まっていたはずの技の幻影を追いかけ、狂った知覚の中での独り相撲《ずもう》を演じさせられていたのだ。

実際には、二度とも私の技は破られている。それが現実であり、この世に残った正しい結果である。

だが、答えに至ったとしても私の受けた衝撃が消えたりはしない。むしろ倍増している。

「そんな、ことが——」

もしもそんなことが可能だとしたら、それは完璧な先読み……いや、千里眼や未来予知ができるということにほかならない。もはや格闘術の域など超えた、超能力の世界だろう。文字どおり、本物の魔女の所業としか思えない。

自分の心が、音をたててへし折れていくのを感じる。

今までどんなに絶望的な状況であっても、闘いそのものをあきらめたりしたことはなかった。その私が頼みにしていた最後の拠《よ》りどころ……精神力が、魔女の圧倒的な力を前に今もろくも崩れ去ろうとしていた。

ギリシャ神話に語られる魔女の三姉妹・グライアイ。

その三人の顔ぶれは、伝承によって微妙に異なっている。

長姉のペムプレードーと次姉のエニュオーは不動だが、三人目の末妹はデイノーと伝えられる場合もあれば、ペルシスという名であったりもした。

わたくしことペムプレードーが率いるチーム《グライアイ》。その末妹に当たるメンバーには、ペルシスさんがいる。

だが伝承と異なるのは、その場合には存在しないもう一人の末妹――『恐怖』を意味するデイノーもまたメンバーに含まれているということだ。

ただし「存在しない四人目」であるデイノーさんは人間ではなく、我々の前に姿を現すこともない。

彼女の正体は、アメリカの最先端工学技術が開発した次世代型人工知能《AI》である。そして地上から遠く離れた軌道上にある軍事通信衛星を介して、我々の作戦行動を様々な形でサポートしてくれているのだ。

今わたくしは、そのデイノーさんが駆動させるオペレーティング・システムと衛星通信を介してリンクしている。

そのシステムの名は、《シュレーディンガーズ・キャット》。将来における軍事転用を視野に入れた、量子力学的演算プログラムを基幹としたものだ。

量子力学論の祖である二〇世紀の物理学者エルヴィン・シュレーディンガーによる、一定条件下での「箱の中にいる猫の生死」を観測する思考実験はあまりにも有名だろう。

つまり箱を開ける――現実の結果が確定するまで、箱の中で猫が生きている世界と死んでいる世界は未確定のまま、一定の確率下で並行して存在しているという理論。

これが証明するものは、確率により分岐していく「並行世界」の存在である。だが、選ばれなかった世界は都度消失するため、ここではない世界を人間が知覚することは決してない。

このシステムはＡＩによる高度な量子力学的演算処理により、その浮上しては消失し続ける並行世界《もしもの》を追跡し観測できるというものだ。

システムとリンクした私がとる行動。その際の選択が生み出す、何十通りもの世界の分岐。

それらのパターンをあらかじめ演算し、私の意識に情報として投射してくれる。

私は並べられたその中から最善手のみを選択し、行動結果として現実に出力するのだ。無限にカードチェンジが許されたポーカーで、必ず相手よりも強い役を作るかのように。

ゆえに、先における第一の攻防。

アンナさんの繰り出した右のパンチへの対処。伸びてくる拳《こぶし》を腕でディフェンスしようと接触した瞬間、彼女の拳が開き捕獲技《トラッピング》に変化する可能性が観測できた。

私は敗北へとつながるその可能性《カード》をチェンジし、最善手であるカウンターの左ストレートに直前で変えたのだ。

第二の攻防も同様だ。

最も危険な可能性上においては、私はアンナさんのタックルを受け止めたものの、その後の展開で彼女のスピードについていけず、背後からの裸絞め《リアネイキッドチョーク》を極《き》められてしまっていた。

事前に観測されたその可能性《パターン》を回避し、私は直前まで待ち受けた上でのサイドステップでタックルをかわす道を選択したのだ。アンナさんはわたくしのありえない動きの変化を認識できず、虚《むな》しく自爆。独りで地面に突っこんで、無防備の四つん這《ば》い状態となった。

そして、これらの選択はそれぞれが一秒にも満たない瞬間内に終わっている。

当然ながら人間の反射神経では実行が不可能であり、脳からの指示を経由しない筋肉への電気信号によって処理されていた。そのため私の脊柱内には、衛星軌道上のディノーさんとの双方向通信をおこなう電子機器が移植済みだ。

もちろん、こんな無茶は肉体に対してすさまじい負荷を与えることになる。《シュレーディンガーズ・キャット》の連続使用は、現在のところ最大で三秒が限界。三秒以内の使用であっても、一回の戦闘で何度も使いすぎれば脳に限界が訪れシャットダウン——最悪の場合、廃人化してしまうだろう。無理な動きをしている筋肉や関節にも、激しいダメージが蓄積される。

よってこの技術は、現時点ではあくまで試用実験段階のものにすぎない。だがもしも完成し実用が可能になったとき、アメリカは絶対不敗の軍隊を手に入れることになる。

わたくしがこの『力』の使用権限を付与されているのは、そのための人体実験という意味あいもあった。酷使される脳や神経の寿命もきっと、システムを使うたびに短くなっていっているのに違いない。ゆえにわたくしには、後継者が必要なのだ。

だが、それでもかまわない。

我が身を削るこの犠牲《ぎせい》が、やがて望んだ夢へとつながっていくというのなら……そこに何の後悔があるだろう。

いつかこの世すべての猫《しあわせ》を守れるほどの強さと、絶対の力を手に入れるまで。

今この瞬間もあやまたず、「箱の中の猫」が生きている世界線だけを選び続けていく。

わたくしはもう、決して何者にも負けたりはしない。
あの日に流した自分の涙と――天国のシルヴィへの永遠の愛に誓って。

「さて、と――」

私、久里子明良《くりすあきら》は、前方に立つ最強の敵を前に自分のプランを反芻《はんすう》する。

いろいろと未練がましく考えてはみたけれど、どうやらこれ以外に彼女をどうにかする方法はないらしい。

その相手であるエニュオーは、アメスクふうのエロい偽《にせ》制服が似合うかわいい子だ。小麦色の肌が健康そうで、背が高くスタイルも良い。睫《まつ》毛《げ》の長いグリーンの大きな瞳は、困ったように私を見ている。

「なんかやりづらいなー。ショートのお姉さんも、今そんな感じなんじゃね？」

場の空気を持て余したように、エニュオーが話しかけてきた。

「アンナちんと違って当事者じゃないし、黒蜂《ヘイフォン》ちゃんみたいなバトルジャンキーって感じでもないし。なんか普通っていうかさー」

ギャルっぽいユルさのあるしゃべり方だけど、常に物事の本質を捉えている雰囲気がある。

天才肌の人間特有の風格を私は感じた。

だからこそ、次に彼女が口にした言葉は意外というほかにないものだった。

「だからたぶんお姉さんも、あたしと同じだよねー」

私と彼女が同じ？　ということは「普通」と言いたいわけ？

露天風呂で体感した脅威の片鱗《へんりん》、そしてアーニャちゃんから受けた説明でも把握《はあく》している最強戦士のイメージとはまったく合致しない。

「私が普通っていうのはわかるけど……それ、あなたからは一番遠い言葉なんじゃない？」

「あーと……たぶん、お姉さんの考えてるのとはちょい違うかなー？　でも口で説明できる気がしねーし。あはは、どうしよ？」

笑うエニュオーからは、殺気や戦意は一切感じられない。

でも、相手は間違いなく超一流のプロフェッショナル。笑顔のテンションのまま人の胸にナイフを突き立てるぐらいの芸当は、造作もなくやってのけることだろう。

だから決して油断をすることなく、私は彼女へ一歩ずつ近寄っていく。

「やっぱやるんだー？　ふーん……。お？」

エニュオーは顔を突き出し、小鼻をひくひくと動かしてみせる。不覚にも、小動物みたいでかわいいと思ってしまった。

「やべ。お姉さんから、なんか火薬のにおいがしてきてね？　さっきは武装してないなんて言ってたけど、やっぱ銃、持ってるんだ？　そりゃあれば使うよねー。ウケる」

ガールズトークのように緊張感のかけらもなく、自分の言葉でけらけらと笑っているエニュオー。けれどグリーンの目の中にある黒い瞳孔《どうこう》は、夜歩く猫みたいに大きく開いていた。

「けど、バトル展開っぽくなってきてイイ感じ！　あるなら全然使っていーよ？」

そして、私は足を止めた。

距離は、これでもう十分。

「拳銃《ベレッタ》もいちおう持ってきてはいるけど、本命はそっちじゃないのよね。使っても勝てる気が全然しないし」

私は、ジャケットの内ポケットからそれをつかみ出してみせた。

「だから、確実に勝てるほうを使うわ」

突き出した右手の中には、レモンのような形をした金属のかたまりがある。色はオリーブドラブに塗装されていた。

M26破砕手榴弾《しゅりゅうだん》。安全ピンを引き抜いて四秒後に内部の炸薬《さくやく》が爆発し、秒速八キロメートルの爆風とともに金属の弾殻を飛び散らせる携行兵器。東京にある隠れ家《セイフハウス》から、専門業者のバイク便で今日届けてもらったばかりのものだ。

破片の威力は一つ一つが大口径の銃弾に匹敵し、半径五メートル以内に存在する人間へ無差別に致命傷を与える効果があった。当然のように遠くへ投げて使うものだが、今回に限って投げるつもりはない。

安全ピンのリングに左手の人さし指をからめて、私はエニュオーをまっすぐ見据える。

「五メートル。ただ歩いていってあなたをその距離に入れた時点で、事実上チェックメイトってわけ。私の勝ちよ」

エニュオーは目を丸くして、私の手にある手榴弾をまじまじと見ている。

「え……？　マジ意味わかんないんですけど。それ、まだ投げもしてないじゃん？」

「ええ。あなたの超人的な身体能力を考えるとね。投げても一瞬で安全圏まで退避すると思うし、なんなら空中でキャッチして投げ返してきたりもしそうだから。確実にあなたをやっつけるなら、持ったまま殺傷範囲に巻きこんでの相討ち……これしかないかなって」

ごく普通に説明してあげたけれど、エニュオーは依然として要領をえない様子。

「……いやいやいや。ないっしょ。それ、自分も死んじゃうやつだし」

「まあ、死ぬわね」

私はあっさりと、彼女の意見を肯定する。

「でも、これにて桂馬《けいま》で飛車《ひしゃ》獲《ど》り……あ、そうか。アメリカ人のあなたにも通じにくいかな、このたとえは」

エニュオーは、まだ子供みたいにぽかんとしている。

「私だってできたら死にたくはないけど、このまま話がつかなきゃしょうがないかなって。

アーニャちゃんのところへ、どうしてもあなたをいかせたくはないの。いくらあの子でも、あなたを入れての二連戦を勝つのは絶対無理でしょ？」

死ぬのは今さら怖くない。殺し屋という仕事を始めたときから、いずれ自分の番がきたときの覚悟は織りこみ済みだ。

それに……

「アーニャちゃんと旭姫《あさひ》ちゃんには、また元通り仲良く暮らしてほしいから」

これは、私にとっては贖罪《しょくざい》となりうる行為だった。

脳裏に浮かぶのは、ふたりの女の顔。

ひとりは、かつて私が愛し、そして三か月前この手で殺したマージ——香港《ホンコン》マフィアの幹部であるマージョリー・ウォン。

もうひとりは、出会ったばかりのシュエ——マージのそばにいた、殺し屋の黒蜂《ヘイフォン》。

シュエがかつて年上の女と付き合っていただろうことは、雰囲気や私との接し方を見ていて良くわかった。そして彼女があの黒蜂だと知ったとき、私の中で過去と現在がつながった。

私は自分の恋人を殺しただけではなく、このシュエからも愛する人間を奪ったのだと。

さっきシュエに言い残した言葉は、もしかしたら彼女は恋人《マージ》の復讐《ふくしゅう》のためにこの土地を訪れたのかもしれないと感じたから。

ここでエニュオーを道連れに死ねれば、その罪を清算できると単純に思った。もし生き残ったとしても、シュエが望むなら私は復讐を受け入れるつもりだ。

「……お姉さん、超ガチじゃん」

「ん？」

「ごめん。やっぱ、あたしとは違うわ。全然普通なんかじゃないしー」

エニユオーが、ぱっとこちらに両の掌《てのひら》をかざしてみせた――満面の笑みを浮かべながら。

「そのピン、抜かないで？　もうこの勝負、あたしの負けでいーし。そっちへいっていい？」

「え、ええ……」

唐突なエニユオーの敗北宣言に、私は思わず面食らっていた。

エニユオーは手を挙げたまま私の隣まで歩いてきて、橋の欄干《らんかん》に背を預けるように座りこんだ。

「お姉さんも座って？　少しお話ししよ？」

そううながされるまま、私は彼女の隣に腰を下ろした。

星の見えない夜空を見上げていたエニユオーが、やがてぽつりと口を開く。

「あたしさー。マジになったことって人生で一回もないんだよねー。ガチで怒ったことも、勝負で負けたことも、死ぬかもと思った瞬間すらないし。たくさんの銃口が自分を狙ってる場面でも、全部がゲーム感覚っていうかさー」

彼女のどこかまったりとした雰囲気は、それに由来するものなのだろうか。

ゲーム感覚と事もなげに言うけれど、裏を返せばすべてがそれで片づけられる能力の持ち主だからということでもある。

「だからー。ガチで自分を賭《か》けてマジになれる人って、あたしから見るとうらやましいし、好きになっちゃうんすよね。それに比べたら、自分がめちゃ普通つか凡人に見えちゃうから」

エニュオーの自己評価が、いろいろとおかしいというのはわかった。なんというか、怪物が人間をうらやましがる心理とでもいうのだろうか？　「普通」の基準が致命的にズレている。

「アンナちんもそうだったけど、お姉さんはもっとヤバいねー。そんなあっさり命捨てられるなんてさー。あたしだったら、この勝負そこまでガチになれないし……だから、コレ完全にあたしの負けってことでいいっしょ」

こてん、と彼女の頭が私の肩にあずけられた。そうしていると、年相応の女の子にしか見えはしない。

どうやら本気で、エニュオーに私と闘う気はもうなくなったらしい。私も、命を拾ったということか。

それじゃ……枯れ葉ひとつよりも軽いこの命、あとはシュエの胸三寸にあずけるとしよう。

「じゃあさー、もっと楽しい話しよ？　ハーゲンダッツのフレーバーはなにが好き？」

ムカつく奴はぶん殴ってきた。それがオレの人生だ。

だから、まだ殴れてねークソ野郎がいるならオレは今すぐそうしなきゃならない。

ソイツはオレのすぐ前方で、いつかと同じ辛気くさいツラをぶら下げていた。

ペルシスとかいう眼帯ゴス女。

いつものオレなら、ここは何も考えずに突っこんでいくところだ。けど、コイツには一回負けて痛い目を見ている。

その上、明良《あきら》が残していきやがった余計な言葉が、オレのエンジンのかかりを悪くしていた。

――私は、あなたの意思を尊重する。好きにするといいわ。

あれは間違いなく、オレが東京からこのクソ田舎までやってきた理由を承知している言い方だった。ボスであり年上の恋人だったマージを仕留めたもう一人の殺し屋に、復讐《ふくしゅう》するという目的を。

そして、その殺し屋が明良だってこともオレはもう知っていた。

……けど、知ったからってオレはどうしたらいいってんだ？

狙っていた仇《かたき》である明良はオレを助けてくれた恩人というだけじゃなく、バチクソに好みのタイプだったという事実。その上もうセックスまでしちまった。あのきれいな顔がオレの……畜生《ちくしょう》。思い出すと、戦闘《ケンカ》の最中だってのに濡《ぬ》れてきちまう。

（……ああクソッ、ヤっちまったもんはしょうがねえか〜）

思わず頭をかかえてうずくまりたくなる。それほどオレは集中力を欠いていた。

おかげで、ほら。

良い蹴《け》り一発、顔面に思いきりもらっちまったじゃねーか。

「——とどめです。死んで、どうぞ」

飛びこみざまのハイキックでオレをダウンさせたペルシスが、頭上から渾身《こんしん》の肘打《ひじう》ちを振り下ろしてくる。

狙いは人中《じんちゅう》——鼻と唇の間にある最大級の急所。いっぽう、肘は斧《おの》みたいに人体で一番硬い部位だ。コイツの攻撃、いちいち殺意が高すぎる。

けど、その肘——見覚えがあるぜ。

「そうかい……右かいッ！」

オレは歯をむき出して嗤《わら》いながら、勢いをつけて上体を跳ね起こす。そして落ちてくる肘に、下からカウンターの頭突きを叩《たた》きこんでいった。

重ねて言うが、肘は人体で一番硬い部位だ。かなりの厚みを誇る頭蓋骨、そして結構な硬さを持つ前額部といえど正面衝突で対抗できるようなものじゃない。普通なら、ザクロのように叩き割られるのがオチだろう。

そう、普通ならだ。

「ぎっ——」

衝撃を受けたペルシスの顔面が、良い感じで歪んでやがる。

肘の関節か靭帯《じんたい》が逝《い》った手応えを、たしかに感じた。オレの額も割れて血が流れたが、こちらからぶつけたぶんダメージは浅い。

そりゃ痛ェよなァ、その右肘？　最初に立ちあった晩、オレの全力ブン回しの左フックをガードしたとき変な音がしたからなァ？　いくら硬い部位だといっても、すでに傷ついていれば話は別だ。オレは相手の見せた弱みは絶対に忘れねえんでな。

「これでっ——」

まずは一発借りを返した。古傷をやられて逆転される気持ち、わかったかよ。

火がついたオレは前に踏みこみ、追撃の一発を入れるために拳《こぶし》を振りかぶる。

その踏みこんだ足の裏が、いきなり爆発した。

「ぐあッ!?」

熱と痛みが靴底を突き破って足裏を焼き、オレは衝撃でまたひっくり返っていた。

地雷……!?

嘘だろ――とパニクりかけるが、瞬間的に記憶を漁《あさ》ると思い出したものがあった。コイツ、たしかちっこい爆発物を使いやがる。

「さっき倒したとき、小型爆弾を足裏に仕込ませていただいたんですのよ。気づきませんでしたか、ゴミ低能？」

「くそがッ」

だが、たかが足の裏にちいさな穴が開いただけだ。威力は全然たいしたことがない。オレはすぐさま立ち上がると、ペルシスに向けて仕切り直しの突撃を――

「があっ！」

かけようとした瞬間、今度は左肩が爆発した。

衝撃でオレは後ろにのめる。自分の肉が焼け焦げるにおいが鼻をついた。爆《は》ぜた部分から煙が立ちのぼり、神経を刺す痛みがじわじわと襲ってくる。

こいつ、いつの間にもう一個仕込んでやがった。いや……

「てめーは今、こう考えていやがりますわね？『この爆弾、あと何個仕込まれてるんだ』と」

図星を指され、オレは全身に冷や汗が噴き出すのを感じる。

「絶望しやがれ。二四個だゴミクソビッチ」

悔しいが、瞬間的に襲ってきた気分はまさにヤツの言うとおりだった。ハッタリだと思いたいが、それを否定しきれる材料もない。

「これから一個ずつ、てめーがなにかしようとするたびに起爆させてやるですよ。合計二四回ぶん、全力振りしぼった必死こいての逆襲をスイッチひとつで強制キャンセル。しかも毎回、全身のどこにドカンとくるかわからない。これは心にキますわよ～?」

心底からうれしそうに、ペルシスが鮫《さめ》のようなニタニタ嗤《わら》いを浮かべている。

「なにもさせず心バキバキにへし折りまくって……血と小便垂れ流しーので、泣きながら許しを乞《こ》うてくるのは果たして何回めになりますかねェ?」

性根のねじくれたサディストぶりならオレも負けてないが、このペルシスも相当のモンだった。しかも相手を肉体的にボコるよりも、精神的にブチ折りたいタイプらしい。

「ヘッ……またずいぶんと念入りに嫌われたモンだなァ。よっぽどテメエとオレは相性が悪いらしいぜ」

思わずあきれてつぶやくと、ペルシスの顔色が一変するのがわかった。

「ハァア……てめーになにがわかりますか」

そして、心底から憂鬱《ゆううつ》そうなため息をつく。

「回ってきたのはまたしても、てめーごとき雑魚《ざこ》の後片づけというクソ仕事。敬愛するペムプレードー姉様のご命令とはいえ、正直うんざりしているんですわ。これぐらいの娯楽は楽しまなきゃ、ぶっちゃけやってられねーんですよ」

──なるほど、そういうことか。

「クク ッ……なにがわかるか、だ？　アホかよ。そんな簡単なことなら、誰にだってすぐに見当がつくってモンだぜ」

オレはありったけの悪意とともに、ヤツの身勝手な嘆きをあざ笑ってやった。

「なんで自分にはクソな仕事しか回ってこねえか？　ンなモン、テメエ自身が使えねえクソカスだからに決まってんだろ。ペムプレードーって言ったっけ？　あのデカパイ姉ちゃんも、さすがに指揮官だぜェ。人を見る目だけはたしかなようだなァ〜？」

思いきり舌を突き出して、そり返っての馬鹿笑いをあげてみせる。

キレたペルシスの隻眼《せきがん》が、オレに対する殺意で凍りつくのがわかった。

「今すぐブッ飛べ!!　全弾爆破だクソビッチがァァァッ!!」

そしてヤツは、すべての爆弾を起爆させる。

全身を爆発の閃光《せんこう》が包みこんだ。皮膚《ひふ》が焼け爆《は》ぜ、肉が弾《はじ》け散り、骨まで貫く衝撃が合計二四発ぶんオレを同時に襲う。

オレはペルシスが言ったとおり、血と小便を垂れ流すズタボロをさらしながら──しかし。

「……効いた、ぜェ。けど……一回だ」

そう。二四発の衝撃だろうと、襲いきたのはこの同時の一度きり。あらかじめ受け止める覚悟さえ決めれば、意識を失わずに耐えられると踏んでいた。

ほかならぬコイツからもらった、最高の気つけ薬――前にへし折られた右手の指二本を、喰《く》らう瞬間に思いきり握りこんでいたからな。

宣告どおり一発ずつ二四回の繰り返しを几帳面にやられたら、オレはたぶん肉体より先に精神を折られて屈服していただろう。ペルシスの言葉からヤツの地雷を見抜いて、挑発してみた甲斐《かい》はあったってもんだ。

そして。

もうもうと舞い上がった爆発の煙。極小の爆弾とはいえ、さすがこれだけ数があると派手さが違う。一帯に立ちこめたそれは、ヤツへと突っこむオレの姿をぎりぎりまで隠してくれた。

「ひッ――」

爆煙の向こうから飛び出してきた血まみれのオレを見て、ペルシスがまさかの恐怖に声をあげる。そうそう、その表情《ツラ》と悲鳴《こえ》が欲しかったんだよ。

――さあて、と。

「ツシャオラアアアアアッ!!」

顔面とボディに叩《たた》きこんでやった無呼吸連打の拳《こぶし》は、きっちりお返しの二四発。

ボロ雑巾《ぞうきん》になってブッ飛んだペルシスにツバを吐きつけてやりたかったが、そこまでがオレの限界だった。

ダメージじゃ、こっちも似たような有様だ。ぴくりとも動かず白目をむいたヤツの顔を見下ろしながら、オレもまた前のめりに倒れていた。あっちこっちがアホみたいに痛くて、もうピクリとも動きやしねえ。

けれど。薄れゆく意識の中で、オレが考えていたのは別のことだった。

それは、もうこの世にはいない女の面影《おもかげ》。

悪ィな、マージ。オレ……よりによって、アンタを殺した女のことが好きになっちまったみてーだ。

アンタに良く似たさみしい笑い方をする、セックスがやたら上手な年上の女がよ……。

私――アンナ・グラツカヤを支えていた精神の柱が、音を立てて今へし折れていく。

磨き上げた自分の技が、培《つちか》った戦闘経験が一切なにも通じない。

ついに出会ってしまった、なにをしても勝てない自分よりも強い敵を前にして。

私はただ、痛みと恐怖に震えながら立ち上がることしかできなかった。

こうして身体《からだ》を支えて立っているだけで、全身の力が奪われていくようだ。

自分を信じられなくなるということが、ひとりの人間をここまで無力にしてしまうのだと思い知る。

痛みをこらえて立ち上がったことすら、私はすでに後悔しつつあった。

どうせ、なにをしても向こうは必ずこちらを上回ってくるのだ。そうであれば、いたずらに無力感を上書きされるだけ。これはもはや戦闘ではなく、子供への折檻《せっかん》にも等しい。

だが……

脳裏に浮かぶのは、生意気で口達者な女の子とこげ茶と白のハチワレ猫の面影。

ようやく見つけつつある、《家》《ドーミク》ではない私が本当にいるべき場所《いえ》。それを守りたいという思いだけは、まだ私にも残されている。

自分自身さえも信じられない状況下で、私の心を燃やすたったひとつの炎。そのちいさな熱だけを頼りに、私は壊れた片足を引きずりながら前に出た。

「おおぉッ――」

そして、握りしめた拳《こぶし》を振りあげまっすぐに繰り出した。

だが、その瞬間に左足首に激痛が走った。私はバランスを失い、勢いのまま転倒しそうになる。あわてて身体をひねり、体勢を復帰しようとした。

ぴしっ。

無我夢中で転倒をこらえる中で、振り回した左手の先がなにかに触れたのを感じる。

前方を見た。

ペムプレードーの頰《ほお》にほんのちいさな傷が生じ、かすかに血がにじんでいる。たった今私の指先が当たり、爪がひっかいたものだ。

その赤い色が目に入った瞬間、心臓がとくんと脈を打つのを感じた。


——「神武は殺さず」と言う。死すべき敵は殺すまでもなくして死ぬからじゃ。あの猫の境地こそそれじゃろう。鼠《ねずみ》は消えた。あの猫が捕ったのでも、鼠が捕られたのでもない。単に鼠は消えるべくして消えたのじゃ。


同時に浮かび上がってきたのは、ある一匹の猫の言葉。

いつか読んだ《コーシカ》の課題図書……『猫の妙術《みようじゆつ》』の中に語られる、武神と謳《うた》われる老猫が一人のサムライに伝える奥義《おうぎ》の一節だ。

ペムプレードーは、ようやく私の爪がつけた頰のかすり傷に気づいたようだ。だが果たして、私が看破したその意味までも理解しているのだろうか？

「もはや、まっすぐ立つことも苦しそうですわね。ならば慈悲をもって終わらせてさしあげますわ、アンナさん」

片足で立っているのが精いっぱいの私へ向けて、ペムプレードーが距離をつめてくる。

狙ってくるのは、負傷した私の左脚ふくらはぎへの右ローキック——と見せかけての、直前で軌道を変更しての顔面を突き上げる高角度の右膝蹴り《みぎひざげ》り。

それを見切った私は、膝が届く前にカウンターとなる左フックを放つ——そして。

これまでの攻防と同じように、ペムプレードーはそのカウンターに最後のコンマ数秒で対応してきた。

膝蹴りは空中でキャンセルされ、地面への踏み下ろしへと垂直に変化。深い踏みこみで前に出ることにより、私の左フックを下方へ沈みこむダッキングで頭上にそらした。

知っていなければ絶対にそうは動けない、銃撃を回避するにも等しいありえぬタイミングだ。そして伸び上がりざま、空振りした私の無防備な顎《あご》を刈る至近距離からの肘打《ひじう》ち。

もうひとつの世界から放たれた、もう私にはかわせない一撃は——

「ッ⁉」

私の顎を捉えることはなく。

結果はその逆。ペムプレードーの脇腹に、低く身を沈めた私の頭突きがめりこんでいた。

彼女の肘打ちは、虚《むな》しく頭上で空を切る。一瞬前にペムプレードー自身が見せた回避手段を、そのまま私が再現したかのごとく。

体を前屈させてお辞儀するように、背骨から頭蓋骨までが一本の槍《やり》となって突き刺さるイメージ。尾てい骨から生じる体幹そのままのパワーが乗った一撃に、彼女の肋骨《ろっこつ》から致命的な軋《きし》み音が聞こえた。

「そんな変化、視《み》えなかったッ……どうしてッ？」

驚愕《きょうがく》と苦痛に端麗な顔を歪め、ペムプレードーが後退する。

発したその言葉の意味は、単純に目視を意味する「見える」とは違うのだろう。彼女だけが知覚できていたここではない世界が、今回に限り現れなかったことへの困惑だ。

「もはや勝負はあった、ペムプレードー」

私は厳《おごそ》かにそう宣言した。

ひょこひょこと壊れた片足をひきずる、今にも倒れそうに不安定な立ち方のまま。

「私の培《つちか》ってきたすべてを、おまえの『力』は圧倒的に上回り否定することができる……それは事実だ。だから私は、身につけたあらゆる技をここに捨てていく」

何もかも奪われ、からっぽになった私が会得《えとく》した新たな『力』。

それは――

「すべては、猫が教えてくれた」

作為も知恵もなく、純粋な生きる意志だけが肉体を駆動させるとき。

それは、この世に存在するあらゆる人の技を超越するのだ。

あの自由な生きものの心に、誰も追いつくことができないように。

「いいえ、ありえませんッ……《シュレーディンガーズ・キャット》が掌握《しょうあく》できない動きなど、この宇宙に存在しませんわァッ！」

肋骨の痛みを意に介さず、ペムプレードーが飛びこみざまの掌打《しょうだ》を放つ。

それを私はかわさない。ただ肉体――壊れた片足が支える危ういバランスの命じるまま、地球の物理法則にしたがい転倒しただけだった。

そして一回転しざま、袈裟《けさ》斬《ぎ》りの軌道を描いた私の右足カカトがペムプレードーの肩口に叩《たた》きこまれていた。

「っぐぅ……ッ！」

偶然にも決まった、骨法《こっぽう》浴《あ》びせ蹴《げ》りの形。前転からの変則的な一撃を受けた鎖骨が、ぺきりとへし折れる音。もはや彼女の片腕は満足に動かせなくなっただろう。

だが今の一撃は、転倒という動きの中でたまたま形になっただけのもの。決して、私が意図的に放った技ではない。

やはり、予測したとおりだった。

最初から攻防という世界に存在していない私に、ペムプレードーの魔術――《シュレーディンガーズ・キャット》はその効力を及ぼせないのだ。

気づいたきっかけは、ほんのついさっきのことだった。なかば自暴自棄のまま、当たるはずもないパンチを繰り出そうとしたとき。

瞬間、ペムプレードーに破壊された左足首に激痛が走った。自らの体重と突進の勢いを支えきれず、私は転倒しかける。肉体は意思とは無関係に、バランスを保とうと動いていた。

その崩れながらの、なんの作為もなく振り回された手が彼女の顔に当たったのだ。それまで無敵を誇っていた、神のごとき万能の予知を突破して。

その次に大ダメージを与えた、脇腹への頭突きにしてもそうだった。

私は闘志や戦略をすべて捨て、ただ危うい片足のバランスが命じるままに肉体を動かしただけだ。かわせないはずの肘《ひじ》打ちを避けられたのも、ただその結果にすぎなかった。いわば、自分さえ知らない技が出たとでもいうことになる。

それは私の選択によって派生した可能性ではない。よって《シュレーディンガーズ・キャット》は、この宇宙の誰も知らないその変化を観測できなかったのだ。

佚斎樗山《イッサイチョザン》が記した『猫の妙術《みょうじゅつ》』の奥義《おうぎ》によれば、技とは「念」から出るものと「感」から生じるものの二種に大別されるという。

前者は考えること、後者は感じることというほどの意味になる。

そして思考が駆動させる「念」の技に対しては、敵手もまたその「念」に付随する作為的な意図を読み取り対応してしまう。

だが肉体の感じるまま、自然の流れのおもむくままに放たれた「感」の技は、その自由さゆえに敵手の警戒をもすり抜ける。そのときあらゆる形は無意味になり、無敵の境地に立つことができる――というのが、武神たる老猫の語る真髄《しんずい》である。

この苦境において、その奥義の訓《おし》えを思い出せたこと。闘いの中で、はからずも肉体の自由が失われたこと。そして自分より強い敵を前にしても、闘いをあきらめなかった私の……この日々を守りたいという、ちっぽけな思い。

運命的に嚙《か》みあったそれらすべての符合が、邪悪の魔女《ペムプレードー》の魔法を打ち破る力となってここに結実していた。

「まだ……ッ。まだ、わたくしは負けてはおりませんわ……！」

動かせない左腕をだらりと垂らしながら、ペムプレードーはそれでも立ち上がってくる。

「わたくしは、すべてを守れる『力』を手に入れなければならないのだから……！」

ペムプレードーの異常を察知したのは、そのときだった。

彼女の眼球が異常なまでに充血している。バイオレットの瞳を囲む白目の部分は、すべて真っ赤な血の色に染まっていた。

「可能性世界を駆ける猫たちよッ、わたくしにさらなる力をォォォッ!!」

咆哮《ほうこう》するペムプレードーが、私へ向かって飛び出そうとした瞬間。

彼女の両目の眼窩《がんか》から、大量の血しぶきが噴き出していた。

「ペムプレードー!?」

なにが起こったのかはわからない。

彼女は突然動きを止め、壊れた操り人形のように虚《うつ》ろな表情でよろめいていた。身体《からだ》に力が入っておらず、もはや戦える状態にあるとは思えない。

戦闘中止を呼びかけようとしたとき、血まみれのペムプレードーの唇がかすかに動いているのが見えた。

「……ごめんね、ごめんねえ……シルヴィ……」

その口調はいつもとは違う、どこか幼い少女のような響きを帯びていた。

「あなたを、守ってあげられなかったっ……弱かったから……っ、力がなかったから……っ」

彼女の声は嗚咽《おえつ》になっていた。目から流れる血も、もはや赤い涙と化している。

ペムプレードーの意識は混濁《こんだく》し、おそらくは彼女の精神世界をさまよっているのだろう。

が、やがてまた強い輝きを取り戻す。血色に光る双眸《そうぼう》に、私に対する闘志が復活した。

「……わたくしは、あの子を奪った戦火を憎む……人と猫の幸せを壊す、戦争とそれを操る人間たちを……ッ、そして、あの日あの子をあきらめた、わたくしの罪を……あの子を救えなかった弱さを……許さないッ！」

驚くべきことに、ペムプレードーは倒れなかった。両足を踏みしめ、私へ向けて一歩ずつよろめく足取りでなお前進してくる。

目からの出血量で察するに、身体の中は相当に傷ついているのだろう。脳にもダメージがあることは明白だ。

おそらくはこれが、《シュレーディンガーズ・キャット》——人の身を超える『力』を使う代償であるのに違いない。だがペムプレードーは、そのリスクを覚悟した上で私との闘いでためらいなくそれを使ってきた。

その決意と原動力はなんだろうか、と私は彼女の背景に思いを巡らす。

それこそが魔法などではない、ペムプレードーという人間を支える本当の強さだ。

とぎれとぎれにつぶやかれる言葉から、それが幼少時に負った心の傷であろうことは察しがついた。そして彼女が、長じた今もそれに衝《つ》き動かされていることも。

いわば自縄自縛《じじょうじばく》の永久機関。自分の犯した罪と世界の不条理に対する、尽きることない怒りだけが、もう立って動けるはずのないペムプレードー……ロザリー・フェアチャイルドという、少女のままの大人を終わらぬ闘いに駆り立てているのだ。

だから——

「終わりにしよう、ペムプレードー」

よろめきながら前に出てきた彼女へ、私もまた片足を引きずりふらつきながら近づいていく。

そして。

「もう、いいんだ」

ひとりでは立つことさえままならないふたりは、すぐ目の前の至近距離で向かいあい……

私は伸ばした両腕で、彼女の背中を強く抱きしめていた。

「……アンナ、さん……？」

「苦しければ、立ち止まってもいいんだ。とりこぼしたものは、あきらめてもいいんだ。だから、もう……」

どうかその傷を癒《い》やすために眠ってくれ、解き放たれて楽になってくれ——と。私は、切に訴えかける。

「いいえ、いいえッ……それでは駄目なのです！　それでは意味がッ、わたくしが生きてきた時間の意味がッ——」

「なくたっていいんだ!!」

彼女の叫びをかき消すように、私もまた声を張り上げ絶叫した。

「未来という時間が、過去の痛みや罪をあがなうためだけにあるのなら……私たちの人生は、あまりにも悲しすぎるじゃないか」

私の声は震えていた。喉《のど》を詰まらせる、いつかと同じような胸を切り裂く痛みによって。

「傷を負った人間は、罪を犯した人間は、このさき心安らかに生きることを許されないのか？　私は、そうじゃないと信じたい……そうじゃなければ、生きていく甲斐《かい》がどこにある？」

「……アンナさん……どうして、あなたが……？」

私の目にあふれ出す光を見て、ペムプレードーの声が戸惑いに揺れる。

だが私にも、自分がなぜ泣いているのかはわからない。またいつかのように、感情の制御ができなくなってしまったのだろうか？

いや、違う——と、私はこの涙の意味を定義する。

ロザリー・フェアチャイルドは、そうなるかもしれなかったもうひとりの私だった。

もしも私が、ユキを失った後悔と悲しみに囚《とら》われ続け、目の前にあるちいさな幸せに向き合えてはいなかったとしたなら。日々のどんな喜びや潤いも、胸にあいた真っ黒い穴に消え落ちてしまうような心に縛《しば》られたままだったとしたなら。

想像しただけで、ぞっとするような寒気に襲われる思いがした。そして、そうなる可能性は私にもあったのだ。

だからこそ……

「過去じゃない。今の自分のために、生きてほしい……ただ、それだけだ」

振り絞るように告げた言葉は彼女のためだけでなく、私が自分自身に向けた祈りでもあった。

今の、そしてこれからの自分の在りかたを決めるものは、けっして過去に負った心の傷や犯した罪だけじゃないんだと私は信じる。

だったら、生きたいように生きてみたい。自分を偽《いつわ》る理屈も、心を縛るしがらみもなく。

あの生きものたちが全身で表わす自由の境地に、少しでも近づいてみたいと私は願う。

「アンナさん……」

ペムプレードーの全身から力が抜けていく。崩れる彼女の重みを支えきれず、片足の私は彼女の下になって仰向《あおむ》けに倒れる。

やがて私の上に乗っていたペムプレードーが、ごろりと横に転がった。そのまま彼女は、私の隣で仰向けになる。

滝の音だけが、闇の底に響き続けていた。

その、夜にしみ入るような静寂の轟音の中で。


のぁーん。


幻のように、猫の鳴き声が聞こえた。

そちらに目を向けたのは、ふたりとも同時。果たして、そこには。

「シルヴィ――」

「――旭姫《あさひ》」

滝を背にして、アメリカンショートヘアの猫を胸に抱いた少女の姿があった。

旭姫は大きな目に涙をいっぱい溜《た》めて、激闘で力尽きた私たちを見下ろしている。

「アーニャ……」

そして旭姫は私の名を呼ぶ。その声とともに、旭姫の腕の中から猫がぴょんと飛び出す。

銀毛に黒の渦巻き模様が美しい猫は、ペムプレードーの顔のそばへとぽてぽて近づいていった。そして、ぴちゃぴちゃと音をたて彼女の顔をなめはじめる。

シルヴィ、とペムプレードーはまた猫の名を呼ぶ。そういえばさっき、意識が混濁《こんだく》する中で少女へ戻った彼女がその名前をつぶやいていた。おそらくは、すでにこの世にはいない同名の猫のことなのだろう。

猫は名前を呼ばれると、前足をちょこんとそろえて背筋を伸ばすポーズを見せる。もふもふの胸を張ってキュルルンとした丸い目でアピールする仕草は、明らかになにかを人間に要求していた。

それを見たペムプレードーの瞳から、闘争の熱と狂気がみるみる消え失せていくのがわかった。その唇が、ゆるやかに微笑《ほほえ》みの角度を描く。

「……そうよね……今のおまえには、なにも関係のないことですものね……」

ペムプレードーは苦痛をこらえて身を起こすと、動かせる片腕で猫――シルヴィのやわらかそうな身体《からだ》をかかえ上げた。豊かな胸に抱きしめると、丸くてちいさな頭にキスをする。

「……終わりにいたしましょう、アンナさん。シルヴィがお腹をすかせてしまいました。この子にごはんをあげなくてはなりませんから……」

たとえ天地が揺らごうと、いかなるときにも猫ファースト。

世界を股《また》にかけるエージェントでさえ、その猫飼いの鉄則には従わなくてはならないのだ。

「旭姫《あさひ》さん……アンナさんのもとへお帰りなさい。彼女には、どんな『力』よりもあなたが必要なのですよ？」

そして彼女は、猫に向けるのと同じやさしい笑顔を旭姫にも見せて言った。

旭姫はためらいがちに、私のそばに歩を進めてきてかがみこむ。

そして、私の顔を怒ったような表情でにらみ下ろした。

「馬鹿じゃないの……そんなボロボロになってまで。女の子がなにしてるのよ」

口ぶりはいつもと同じ小生意気なものだったが、その声は震えていた。

「しかたない……こうまでしなければ、旭姫に認めてはもらえないだろうからな。私が、君との暮らしを守れるだけの『力』があると……」

ぽたり、と温かい液体が顔に落ちてきた。

涙にまみれた旭姫の泣き顔が、すぐ真上に見える。

「ばかっ……」

旭姫はぐしゃぐしゃに歪んだ泣き顔のまま、私の胸にすがりついてきた。

「アーニャのばか！　だからって、なんでそこまでするのよ!?　あたしなんかと一緒にいるために、どうしてアーニャがこんなに傷つかなきゃならないのよ！　こんなっ……これじゃまるで、あたしのせいでアーニャが――」

泣き叫ぶ旭姫のちいさな背中を、腕を伸ばした私は下からぎゅっと抱きしめる。

「大丈夫……旭姫《あさひ》が私のためにしようとしてくれたことは、間違いじゃない。だから、誰も悪くはないんだ」

「……アーニャ」

「いつかはきっと、私たちも別々の人生を生きていくことになるのだろう……でも今はまだ、私は旭姫と一緒にいたい。いたずら好きなピロシキに振り回されながら、あのちいさな家で毎日をすごしていたいんだ」

ほかに理由などありはしない。ただこの心のおもむくままに、私はそうした。すべては、それだけのことだ。

旭姫は泣いたあとの宝石のように澄んだ瞳で、私の顔をじっと見つめていた。

やがて。

「……あ」

ふと顔を上げ、旭姫は夜空を仰ぐ。

「星だ……」

頭上を覆っていた灰色の雲はいつの間にか散り、ビロードめいて真っ黒な空に数えきれない光点がまたたいていた。山奥だけあって、今にも落ちてくるかのような迫力ある星空だ。

雨の季節は、まもなく終わろうとしている。

私と旭姫は、時を忘れたようにずっと星の海を見上げ続けていた。

エピローグ

梅雨の季節が終わると、夏の暑さがいきなりやってきた。

あのぶあつい雨雲の彼方《かなた》で、太陽はぎらつく熱をたくわえながら出番を待ち構えていたのだ。

暦は七月に入り、一学期の期末テスト時期を迎えようとしている。相変わらず各教科まんべんなく不安をかかえた梅田《うめだ》は、来週からはじまる試験を前に憂鬱《ゆううつ》そうだった。

「コハっち～、エリり～ん、アーニャさ～ん、テスト勉強助けちくり～」

「いいよお。なんの教科？」

「あー、ウメの場合どうせ体育以外の全部だから。毎学期まったくもって成長ゼロ」

「抜本的な構造改革《ペレストロイカ》が必要ということだな。一度、人に頼らず自力救済を試みてはどうだ」

ほんの四か月前ほど、一年生の三学期の期末テストもこんな感じだったことを思い出す。

「そこをなんとか！　一教科でも補習減らして、貴重なセカンドＪＫの夏休みを満喫したいんじゃよ～」

夏休み。学生にとって特別な響きを持つその言葉が、まもなくやってこようとしている。

クラス内の空気もまた、一日ごとにざわついた期待感の熱にすっかり支配されつつあった。

「そういや、うちのクラスにまた転校生がくるらしいよ。しかも二人も」

「えっ、またこんな時期外れにい？　アーニャのときを思い出すねえ」

竹里《たけさと》の口から思わぬニュースが飛び出したとき。

教室の扉が開き、毎朝のホームルームより早めに担任の樋口《ひぐち》先生が現れた。

「みんな、聞いてちょうだい。今日からこのクラスの一員になる転入生を紹介するわね」

そして、先生に呼ばれた二人が廊下から入ってくる。

「なっ――」

その姿を見て絶句した私の前で……

「ちーっす。アメリカからきたマデリーン・ダグラスだよ。よろ～」

赤髪と小麦色の肌をした、長身のギャルと。

「同じく、リンジー・ロックウェルと申します。よろしくお頼み申しあげます、皆様がた」

ショートボブの黒髪に眼帯の蒼白《あおじろ》い顔をした少女が、そろって日本語で自己紹介をしていた。

言うまでもなく、それは《グライアイ》のエニュオーとペルシスにほかならない。

呆然《ぼうぜん》とする私に、マデリーン――エニュオーが、白い歯を見せてウインクを飛ばした。


コバルトブルーの夏空に浮かぶ、重たげな銀色に輝く入道雲の下。

私は休み時間の屋上で、アメリカからの転校生たちを前にしていた。

「そうか……これはすべて、ペムプレードーの差し金ということなのか」

事情を説明された私は、まぶしい青空を見上げてため息をつく。

「はい。ペムプレードー姉様は長期の療養により戦線離脱を余儀なくされるため、《グライアイ》の任務も自動的に停止されることになります。その間、年齢の近い私たちが有事に備え学園に潜入し、アンナ様の身辺をお近くで護衛するよう特命を受けたのでございます」

「ゆーて、どっちもサバ読んでる偽《にせ》JKだけどねー。ウケる……でも仕事が暇になっちゃったから、ちょうど良いちゃ良いけどー。普段、アンナちんや小花《こはな》っちとも遊べるしねー」

身辺護衛とは、まるで自分がVIPにでもなったかのようだ。要するにペムプレードーは、私を将来的に獲得する野心をまだ捨ててはいないということになる。

やれやれ、やっかいな女に目をつけられたものだ——と、またため息をつきたくなる。

けれど、少し安心している部分もあった。

私は彼女について詳しく知っているわけではない。だが、拳《こぶし》を交えその心に触れた身としてわかることもある。

それは、立ち止まることをずっと己に許してはこなかった人間だということ。

そんなペムプレードーが、傷ついた身体《からだ》を癒《い》やすために長期の療養休暇を選んでくれた。そのことに、私はどこかで救われたような気分になっていた。

きっと今までの彼女なら一刻も休むことなく、己の命を削ってでも新たな任務に向かっていっただろうから。

「小花っちさー、家が猫カフェなんだって？　学校終わったら案内よろー。ペルっちも、もちろん遊びにいくっしょ？」

「は……アンナ様がそうされるのなら、是非もなく」

どうやら私が日本で迎える初めての夏は、少しばかり騒がしくなりそうだ。


私こと久里子明良《くりすあきら》のマンションは、なんだか急にせまくなった。

それもそのはず。そこで寝起きする人間が単純にひとり増えたからだ。

「部屋でパンイチはやめてって、もう何度も言ってるでしょ。いつになったら、ちゃんと服を着てくれるんだか……」

四〇インチの液晶テレビの前にあぐらをかき、この間買ってきた家庭用ゲーム機で『龍《りゅう》が如《ごと》く』最新作のプレイに熱中する黒蜂《ヘイフォン》ことシュエ。その生活態度は、万事がいつもだらしない。

「細かいことは気にすんなって。アンタがムラムラきたら、こっちはいつでもOKだからよォ
――あいてえっ！」

まだ生傷があちこち残る裸の背中に、手加減ぬきでビンタをかます。肌にピンク色の手形が鮮やかに浮かんだ。

「毎日そうやってゲームばっかりでゴロゴロして。それじゃ、ただのニートじゃない。暇ならアルバイトでもしたら？」

「オレにどんなカタギの仕事が務まるってんだよ。アンタと同じドラッグストアで店員でもしろってのか?」

そう言われて、ドラッグストアのエプロン姿になった彼女を想像してしまう。ありえない。肉食恐竜に接客業は不可能だ。

「そんなに暇なら、ちょっと近所まで付き合ってよ——もちろん、服を着てからね」


そして、シュエを連れ出したのは夜の公園。

「ンだよ……たまには外メシにでも連れてってくれるのかと思ったらよォ～」

シュエは不満そうに、ベンチで野良猫に食事を与える私をながめていた。

「ミケ子、元気だった? ——シュエは、猫は好き?」

「別に好きでも嫌いでもねェな。興味自体がねえ」

「あっそう。そういう人ほど、あっさり猫好きに転んだりするのよね。ちょっとなでてみる?」

「………………」

私はそうシュエにうながしてみた。彼女はためらいがちに、足下で容器の中のフードを咀《そ》嚼《しゃく》する三毛猫に手を伸ばしていく。

その瞬間。剣豪のようにその気配を察知したミケ子が、シャーッと声を発して全身で威嚇《いかく》。

さらにすばやい猫パンチを放つ。シュエはあわてて手を引っこめていた。

「ふふ、でも道のりは遠そうね。野良ちゃんは警戒心が強いから」

「……ちぇっ」

ふてくされたように、そっぽを向くシュエ。私はその様子を横目でうかがう。

あの一件のあと、なし崩しに同棲をはじめた私たちだが……かつて共通の恋人だったマージのことには、どちらからも触れてはいない。

だから、シュエがどういうつもりで私と一緒にいるのか。その本当のところの気持ちは、まだわからないというのが正直なところだ。

もしかしたらマージの復讐《ふくしゅう》をあきらめておらず、いつか私の隙《すき》をうかがい寝首をかくつもりでいるのかもしれない。

けれど。仮にそうであっても、私は一向に構わなかった。いつ死んだとしても惜しい命じゃないし、そのとき私を殺すのが因縁《いんねん》のある彼女ならむしろ出来すぎだともいえる。

一期一会《いちごいちえ》。野良猫との関係がそうであるように、彼女ともいつか別れの日がくるのだろう。

ただ、それは今日じゃない。

私には、それだけのことで十分だった。

土曜日の午後三時。部屋のインターホンが鳴らされた。

私ことアンナ・グラツカヤは、やってきた来客を部屋までとおす。

「小花《こはな》さん、いらっしゃーい」

ケーキと紅茶の用意をしていた旭姫《あさひ》も、キッチンから出て彼女を出迎えた。

久しぶりにこの部屋へやってきた小花は、レモン色のキャリーバッグを手にさげている。

数か月前までは、今は亡きモーさんの病院通いに使っていたもの。その透明な窓の奥には今、モーさんよりもずっとちいさな猫の姿が見えた。

「それが、アーニャと一緒に保護したっていう子なんだ？」

「うん。すっかり元気になったよお。もうひとりのママとご対面させに、連れてきたんだあ」

小花が床に置いたバッグの口を開くと、しばらくしてからヒョッコリと白い猫が顔をのぞかせた。初めて訪れた家を警戒していたようだったが、やがて小花の声や気配に安心したのか中から出てくる。

「わあ〜、ちっちゃい！　女の子だ……ねえねえ、かわいいねアーニャ」

「うむ。名前はもうつけたのか、小花？」

小花は子猫をやさしく抱き上げながら、その顔を見つめる。

「雨の日に拾った子だから、あめちゃん。わたしがつけると、割りと安直な名前ばっかりになるんだよねえ」

そう言って小花は自虐《じぎゃく》しているが、私たちの出会いの日を象徴する良い名前だと思った。

あめの瞳は鮮やかなブルーだが、片方が梅雨の曇り空のように白く濁《にご》っている。

両目を完全にふさいでしまっていた目ヤニがひどく、一時は失明するかもという話だったらしい。結果としてどうにか、片目の光だけは残ってくれたのが幸いだ。

それでも白い毛並みはつやつやと輝き、そこだけ黒と褐色の色がついたしっぽも元気に動いている。骨ばって衰弱していたあのときが信じられないぐらい、身体《からだ》つきもふっくらと丸みを帯びてきていた。

「そうか。あめ、か……元気になって良かった」

私がそっと手を伸ばすと、あめもちいさな右手を差し出してきた。私の指先と猫の肉球がちょんと触れあう。

「あはは！　アーニャと猫ちゃんがハイタッチしてる～」

「おうちでも、すごく人なつっこい子なんだあ。お店にお客さんがくると、すぐ見にいきたがったりねえ」

旭姫と小花の笑い声を聞きつけたか、廊下の奥からピロシキがぽてぽてと歩き出てきた。

私たちの視線が、一斉にこげ茶と白のハチワレへと集中する。

ピロシキは床に鼻を近づけフンフンとにおいをかぎながら、ゆっくりと近づいてくる。向かう先は、あめを抱いた小花《こはな》だ。

そして、気になるにおいの発生源であるあめ――見知らぬ猫の存在をかぎ当てた。あめの肛門のにおいを、スンスンと一心不乱にたしかめている。

小花が、そろりとあめを床に下ろす。あめもまた、ピロシキのにおいが気になるようだ。同じように、その後ろに回って尻をかごうとしている。

まるでフォークダンスを踊るように、二匹の猫が互いの尻をかぎあいながらぐるぐると床を回る。その光景はいかにもユーモラスで、旭姫《あさひ》と小花は楽しそうに笑っていた。

やがて、ピロシキは関心を失ったようにあめの元を去っていく。そして、リビングでの定位置であるカウチソファの上にぴょんと跳び乗った。

ぽつんとたたずむあめは、しばらくするとピロシキの後を追っていった。ソファの下で前足をそろえてちょこんと座ると、毛づくろいするピロシキをじっと見上げている。しかし、ピロシキはあめを徹底無視している様子。

「ふふっ。お兄ちゃんにかまってほしい妹みたいだねえ」

「ピロシキって、ほかの猫がいるとこうなるんだ～。けっこう猫見知りするタイプかな？」

私はそんな猫たちと、猫を見守る小花と旭姫をそばで見つめていた。

小花の見せる明るい笑顔に、私はつい安心を感じてしまう。

私にはペットロスの経験はない。だから、モーさんと死別した彼女の心の痛手も想像するしかないのだが……今の小花の瞳には、こうして新しく巡りあった猫《しあわせ》が映っている。

そのことだけはたしかだ。ならば、それで良いではないか。

昨日の悲しみは、明日の喜びがきっと癒《い》やしてくれる。ただそう信じるしか、今を生きる人間《わたし》にできることはないのだから。

「それじゃ猫ちゃんたちには、大好きなちゅーる。あたしたちは、まったりケーキを食べてお茶にしようよ。アーニャ、ピロシキとあめちゃんにお皿用意してあげて？」

「うむ、わかった」

空調から流れてくる、ひんやりとした風。窓の向こうにひろがる、深い青の色と入道雲。

強い陽射《ひざ》しに目を細めると、近づいてくる夏の足音が聞こえた気がした。

あとがき

『ここでは猫の言葉で話せ』二巻、お楽しみいただけたでしょうか？

今回は続編らしく、基本コンセプトである猫・ガールズラブコメ・バトルアクションの三本柱を、それぞれそのまま発展させた正当進化形となりました。この中のどれか一本が欠けても『ここ猫』という作品は成立しないのだなと、あらためて実感した次第です。

闘った相手が仲間になる展開といえばシ○フォギアを思い出しますが、あれもいい百合アニメでした。ちなみに私はマリつば推しです（誰も聞いてない）。


ところで、みなさんは猫のどんなところが好きでしょうか？　自分は猫が歩いているときと、走っているときと、寝ているときと、食事をしているときと、遊んでいるときと、暇そうなときと、特に何もしていないが暇そうでもないときなどが好きです。

作者としては、そういった猫の生態を文字のみでどのように表現するかに何かと頭を悩ませるわけですが、たとえば猫が歩くときの擬音も「トコトコ」なのか「ぽてぽて」なのかによってニュアンスが変わってきたりするので、こだわりますね。前者は目標へ迷いなく近寄っていく速度感、後者は前者よりも移り気かげんに悠然と歩いている姿をイメージしています。

ちなみに自分は以前、一〇年少しほど猫と一緒に暮らしていました。本作に登場する猫たちが見せる仕草の描写には、当時その猫から感じていたことが無意識に反映されているようにも思えます。そのせいか執筆中、すでに存在していない自分の猫が世界のどこかで生きているかのような奇妙な感覚を時折、味わいました。

　自分にとって、あの子は猫というひとつの大きな概念につながる「窓」だったのかもしれません。そしてそれはたぶん、猫好きの誰にとっても同じなのでしょう。自分の猫こそが唯一無二の猫であり、同時にまた猫という総体を認識するための窓でもあるという矛盾なき二律背反。ツイッターのタイムラインに日々流れてくる、動画の中の種々雑多な猫たちから感じる不思議な親近感に対して、ふとそんなことを思う瞬間があります。

　最後に再び二巻の話へ戻ると、ラストシーンのアーニャが奥さんと娘を見守るお父さんみたいだなとか、書き終わってからちょっと思いました。それでは、またお会いできれば幸いです。

昏《くにゃ》式《しき》龍也《たつにゃ》

〈参考文献〉

『新釈　猫の妙術』（草思社）著者：佚斎樗山　訳・解説：高橋有

設定資料紹介

CHARACTER DESIGN

～グライアイ三姉妹～

エニュオー

第1巻発売記念 Twitterミッション

#ここ猫ミッション

結果発表!!!!!!

皆さんから寄せられた
猫写真の中から
香式さんが特にグッときた
10枚をご紹介!

かさぶらんか(@Casabuuu)
発見場所▶こたつ

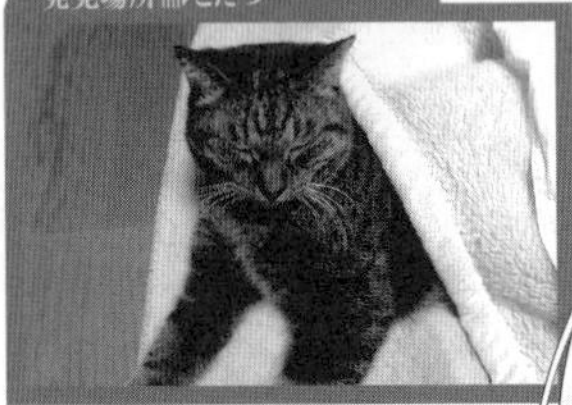

おが(@XyejFizl0UQ8WHS)
発見場所▶ベッドの隙間

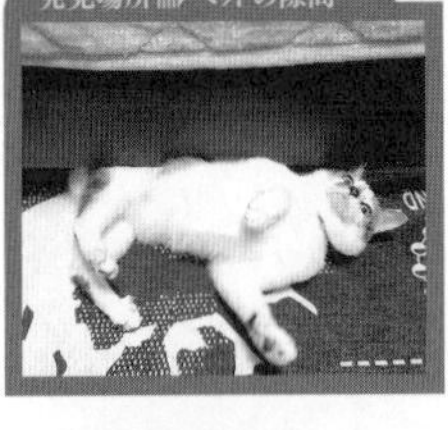

りえ(@Hinanatan)
発見場所▶庭

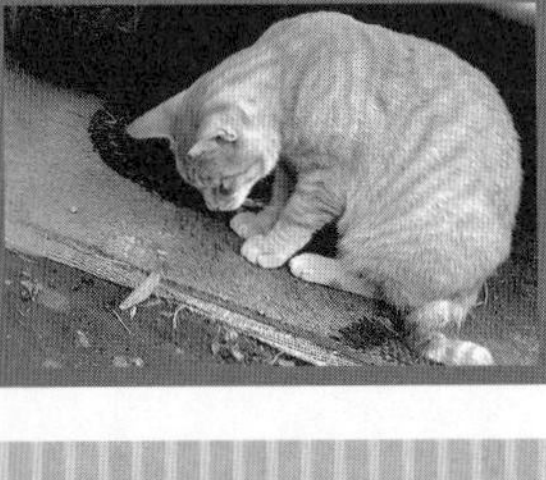

POPSUN
(@POPSUN2017)
発見場所▶おばあちゃんち

marobashi@izumi
(@izumi_marobashi)
発見場所▶ベッドの上

ハッピー
(@BTdJq49C8fgC2ET)
発見場所▶ビニール袋の中

たくさんの
ご応募
ありがとう
ございました！

レン(@twren3)
発見場所▶自宅の寝室

始解ゆゑ(@shikai_yue)
発見場所▶自宅の猫部屋

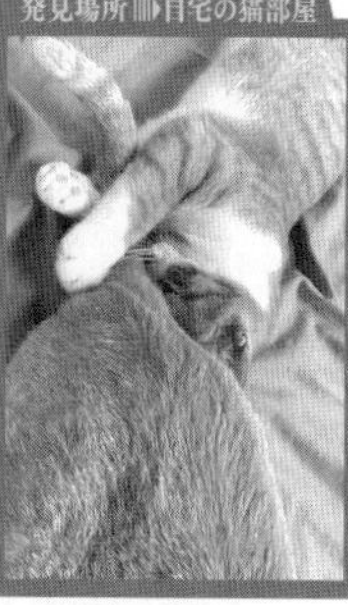

OJ(@OJ14832533)
発見場所▶自転車の下

能葉礼太(@KOKYTOSTABOO)
発見場所▶異世界

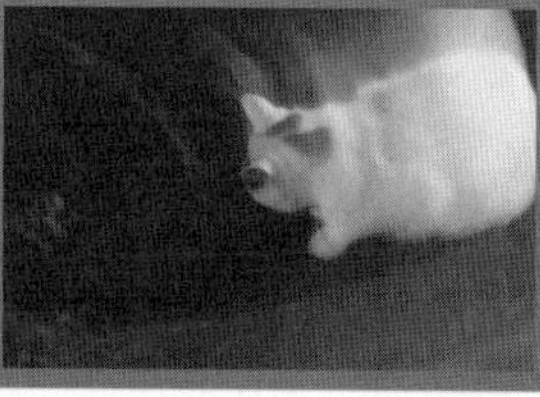

AGAGAGAGAGAGAGAGAGAGA

ここでは猫の言葉で話せ

著／昏式龍也《くらしきたつや》

イラスト／塩《しお》かずのこ
定価 726 円（税込）

ロシアからきた元人間兵器に課せられた使命は、猫をモフること！
猫嫌いな氷の美少女アーニャは、猫好き同級生・小花との友情を育みつつ、
（本人的には）不可能なミッションの数々に挑んでいく！

双血の墓碑銘《エピタフ》

著／昏式龍也《くらしきたつや》

イラスト／さらちよみ
定価 612 円（税込）

1853年。日本に開国を迫ったのは、吸血鬼が支配する欧米諸国だった。
復讐に燃える剣士と、記憶を失った吸血種の少女が出会うとき、
血塗られた異能者たちの戦いが幕を開ける。

GAGAGA
ガガガ文庫

ここでは猫の言葉で話せ2

香式龍也

発行　2022年4月24日　初版第1刷発行

発行人　鳥光 裕

編集人　星野博規

編集　渡部 純

発行所　株式会社小学館
〒101-8001 東京都千代田区一ツ橋2-3-1
[編集]03-3230-9343　[販売]03-5281-3556

カバー印刷　株式会社美松堂

印刷・製本　図書印刷株式会社

Printed in Japan　ISBN978-4-09-453056-8